illustration TORU OKUNUK
「…抱くんだ」
柔らかく掠った唇の感触。
彼の口にした言葉の意味が頭の中で理解されるまで数秒かかる。

純愛のジレンマ

Dilemma of pure love

火崎 勇

YOU HIZAKI presents

KAIOHSHA ガッシュ文庫

イラスト★奥貫 亘

CONTENTS

純愛のジレンマ …… 9
純愛の微熱 …… 185
巻末マンガ 朝食 …… 248
あとがき ★火崎勇 …… 250
★奥貫亘 …… 254

★本作品の内容はすべてフィクションです。
実在の人物・地名・団体・事件などとは一切関係ありません。

純愛のジレンマ

Dilemma of pure love

父親が幾《いく》つもホテルとレストランを持つ社長ってことを、自慢したりひけらかしたりしたことはなかった。

そりゃ、住んでる所は父親名義のマンションに一人暮らしだし、車も持ってる。でもそれは父さんが、空き部屋にするくらいならお前が使った方がいいって言うからだし、車も父親が乗り回した後の中古車だ。

カードも父親名義のファミリーカードだけど、金遣《かねづか》いが荒いことはない。

何より、将来自分は何にもしなくてもその跡を継ぐなんて人生にあぐらをかくことなく、大学四年になった今、自分の力で就職先を探している最中だ。

先月、自分のことは自分で決めたいと電話した時も、父さんは好きにしなさいと言ってくれた。

あれは絶対に俺が親の七光りを頼るようなお坊ちゃん体質でなくてよかったと安心した声だった。

なのにどうして、突然こんなことが起きるのだろう。

「相庭由比《あいばゆい》?」

大学の帰り道。

マンションの真ん前で突然横付けされた黒塗りの車。

中から降りて来たのは、ちょっと痩《や》せた感じの堅物そうな男だった。

「…あんた、誰？」

歳は俺より随分《ずいぶん》上だろう。ハンサムと言ってもいいくらい整った顔だし、着ているスーツも決して安物ではない。

けれど、その顔に見覚えはなかった。

そんな相手に『はいそうです』なんて答えるほど無防備なバカじゃないから、一歩下がって問い返す。

「私は大津《おおつ》だ。大津宗賀《そうが》」

大津…。

聞いたことがあるような、ないような…。

「はあ…」

「思い出さんか。それもいいだろう。取《と》り敢《あ》えず一緒に来てもらおうか」

だが相手が誰なのかを思い出す努力をしている最中に、彼は言い放った。

「は？　何言ってるんです？　俺はまだ相庭由比だなんて…」

「お前が由比だということはわかってる。一応聞いただけだ」

お前。

いくら年上だとしても、初対面でいきなり『お前』呼ばわりとは。

「だとしても、俺があなたにおとなしく付いて行く理由はありませんよ」

俺は近づく彼に対して更に一歩下がった。

だが、彼は俺の腕を取ると、まるで荷物のように軽々と肩にかつぎ上げ、後部座席のドアを開けると、ポイッと中へほうり込んだ。

これが小型車だったら身体をどこかへ打付《ぶっ》けてるって思うほどぞんざいに。

「ち…！　ちょっと、アンタ！」

頭を摩《す》って身体を起こした時には既に車はスタート。

「『アンタ』ではない。大津と名乗ったろう。人の名前も覚えられないほどバカか?」

「それでいうなら、他人の意志を無視して車に乗せるアンタは誘拐犯《ゆうかいはん》だろう。誘拐犯に払う礼儀なんかあるもんか！」

「私はお前の父親から依頼を受けて、お前を連れに来たんだ」

「父さんに？　そんなの本当かどうか…」

「携帯で電話をすればいいだろう。ああ、まさか走ってる車から飛び降りるなんてバカな真似《まね》をするとは思わんが、ドアは開かないぞ。チャイルドロックがかかってるからな」

すっかり俺のことを子供扱い…、いや、バカ扱いして。

父さんの知り合いだって？　相手の年齢とか関係なく、初対面の人間に礼儀を尽くさないようなこの男が？

そんな言葉を信用できるわけがないから、携帯を取り出して父親に連絡を入れる。だが、電話から聞こえてきたのは『ただいま電波の届かないところにいるか、電源が切れて…』という案内の声だった。三度続けてかけてみても応対は変わらない。

「繋《つな》がらなかっただろう」

その様子を見て、バックミラー越しに大津が笑う。

「…間が悪かったみたいですね。でも確認が取れないなら、何と言われてもやっぱりあなたを信用はできませんよ」

まるで繋がらないことを見越しているような口を利《き》く、と思ったら、本当にそれを肯定するようなセリフを吐いた。

「携帯は繋がらん。先に言っておくが、会社や実家に電話をかけても同じだからな」

「どういうことです」

まさか、この男、父さんにも何か…。

「俺は身元もわからないような人間におとなしく付いて来てるんですよ。そろそろ説明があってもいいと思うんですけど？」

「おとなしくねぇ」

大津はクックッと笑った。

ホント、嫌な感じ。

「大津さん。俺をバカにするのもいい加減にしてください。真面目《まじめ》に応対してくれないなら窓を開けて『人さらい』って叫びますよ」

「前に一度、ちゃんと相庭社長から紹介されてるだろう、お前が中学の時に」

「中学?」

「受験の時、面倒《めんどう》見てやったのを忘れたのか。薄情《はくじょう》だな」

高校受験…。

そういえば、試験の直前にそれまで見ていてくれた家庭教師が病気で辞めて、父の知人の息子さんが二週間だけ見てくれたことがあったっけ。

真面目だけどちょっとスパルタで、最後の追い込みをキッチリ詰め込まれた覚えが…。

確か名前は…。

「…大津…さん?」

そうだ。

大津さんという名前だった。

「思い出したか」

と言われても素直には頷《うなず》けなかった。

だってあの頃は家庭教師の印象よりも受験勉強で頭が一杯だったのだ。背が高くて、真面目で厳しい人だったってこと以外は…。

でも、少なくとも人を無理やり拉致《らち》るような人じゃなかったとは思う。

「どうしてそれを先に言わないんです。普通はそれを一番先に言ってから、車に乗ってくれって言うべきじゃないんですか?」

「顔を見れば覚えてるかと思ったんだ」

覚えてなかったお前が悪いって響き。

でも七年前に二週間だぞ? そんなの普通覚えてるわけないじゃないか。

「それで、その元家庭教師が何の用なんですか?」

「着いたら何もかも説明してやる。ほら、そろそろ降りる用意をしろ」

車に乗って、まだ十分くらいしか経《た》っていないのに?

「着くってどこへ?」

「これからお前が住む部屋だ」

「俺の住む部屋? 俺はちゃんと自分のマンションが…」

言ってる間に、車は高級車ばかりが並ぶ大きなマンションの駐車場へするりと滑り込んだ。

住所はわからないが、そう遠い場所ではなかったことにちょっとほっとする。

エンジンはすぐに切られ、大津さんは先に降りた。

自分はどうしたものかと思っていると、また高飛車《たかびしゃ》な声が飛ぶ。

「さっさと降りろ。車の中じゃ寝泊りさせんぞ」

この人があの時の家庭教師だとしても、俺が命令される覚えはないし、大学卒業を控えた俺には今更先生など必要はない。成績はいいし、卒論の準備だって万全なんだから。

けれど実際車の中に籠城《ろうじょう》するわけにもいかないのも事実だから、渋々と車を降りた。

不安は残るが、今は取り敢えずこの人に付いて行くしかなさそうだ。

説明してくれるというのなら、怒るのはそれからでもいいだろう。

「わかりましたよ。それじゃ、ちゃんと説明してください」

取り敢えず携帯だけはしっかりと握りしめ、俺は車を降り、彼の後ろに付いて歩きだした。

セキュリティのしっかりしてそうな豪華なマンション。モニター付きのエレベーター。

犯罪向きではない匂いの場所だと、これもまた少し安堵《あんど》の材料にしながら、一緒にエレベーターへ乗り込む。

なるようになれ、といくらかヤケ気味になりながら…。

大津さん自身の態度はうさん臭《くさ》さ全開だった。

横柄《おうへい》だし、説明はないし、人のことは見下してるし。

元家庭教師だったとしても、それはたった二週間だけのこと。父親の知り合いだとしても、それはこの男の父親のはずじゃないか。

けれど、どんなに本人がうさん臭くても、連れ込まれた部屋は豪華で、漠然とした不安は二極化した。

つまり、こんな立派な部屋を所持しているくらい身元がしっかりしているか、アブナイ仕事で大儲《もう》けしてるんじゃないかって。

「座れ」

広いリビング、促されて座ったソファは軟らかなカーフの座り心地。テーブルは濃い色の強化ガラス。

大きな窓を縁取るカーテンは刺繍《ししゅう》のレースと、同じ刺繍の入った遮光《しゃこう》もの。他に揃えられている調度品も、シンプルだが決して安物ではないとわかる。部屋数はすぐには数えられないが、少なくとも３ＬＤＫ以上はあるだろう。

「お前はこれからここで暮らす」

彼は俺の向かい側に腰を下ろし、取り出したタバコに火を点《つ》けた。

「…さっきも言いましたけど、俺にはちゃんとした家があるんですから、無理です」

「別にあそこを引き払えと言ってるわけじゃない。だがマンションにも実家にも戻らず、暫《しば》らくはここで生活しろ」

「だから、それがどうしてなのかを説明してくださいよ」

正面から睨《にら》みつけると、彼は深く吸ったタバコの煙を長く吐《は》き出し、それまでのにやにやとした顔を止《や》めて真面目に向き直った。

表情が消えて見据《みす》えられると、ドキリとするほどの迫力がある。それは顔立ちがいいとか歳が上とか、そういう問題じゃなく、彼自身の纏《まと》っている雰囲気と鋭い目付きのせいだろう。

「そうだな、案外肝《きも》が据わってることもわかったし、からかうのはこれくらいにしておこう」

少しトーンの下がった声も、居住まいを正させる。

「何です…？」

「今日の午前中、相庭社長、つまりお前の父親が倒れた」

「…え？」

「胸を押さえて急に倒れたそうだ。そのままタクシーで病院へ向かい、入院が決定した」

「病気は？　何の病気なんです？」

先月電話をした時には、全然元気だったのに。

「今日の今日だ。まだはっきりとした病名はわかっていない。相庭の家にも連絡はいれていないしな。だが心臓に近い血管に異常があるんじゃないかという話だ」

「そんな…！　どうして俺をこんなとこに連れて来たんです。すぐに病院へ…！」

思わず腰が浮く。

けれど彼はそれを止めるために一喝《いっかつ》した。

「座れ」

大きな声ではないが、人に命令し慣れた声に動きが止まってしまう。

「まだ話は終わっていない。最後まで聞くんだ」

「父親の一大事を伝えに来たんじゃないんですか…？」

こんな男に従ってしまったのが悔しくて憎まれ口を叩《たた》く。けれど相手はそんなもの、意にも介さなかった。

「父親のことは、まだ一大事じゃない。病名もハッキリしていないんだからな。もっとも、病名がハッキリしたところでお前にできることはない。社長のことは医者と奥様に任せておけばいい」

「俺は息子ですよ」

「息子だからこそ、先にしなくちゃならないことがあるとは思わないか？」

ここで問うのはシャクだが、尋ねずにはいられなかった。父さんの病気すらまだ些細なことだと言い切るその理由を。

「…俺に何をしろと？」

だが意地の悪い大津さんは間を取るようにまたタバコを吸い、薄い煙を吐き出した。

「今、蘇芳《すおう》グループ、相庭社長を頂点とするホテル及びレストラングループには二つの問題がある」

「仕事の話じゃなくて、俺が聞いてるのは父さんの…」

「一つは外国人投資家の参入。乗っ取りというほどロコツじゃないが、結構な数、株を買い占められてることに気づいた。買ってるのはファンド、つまり株を売り買いしたり配当で儲けようとしてる連中だ」

俺の話など聞く気はないのか？

「乗っ取りじゃないなら、問題はないでしょう。今時海外の投資家なんて珍しくもないんだから」

「だが連中はものを言う株主だ。日本人の株主は株の値段の上がり下がりをただ見守るだけだが、外国人投資家はもっと儲けろと色んな要求を突き付けてくる。そして、もし株を持ってる会社が利益を上げられないと知ると、簡単に敵対者に株を売ったり、社長の退陣を求めたりと好き放題だ」

「…それは確かに大変なことだけど、俺はまだ学生ですよ。それこそ、できることは何もない」

「もう一つの問題は現在レストラン経営で提携の話が持ち上がってることだ。契約はまだ済んでおらず、ワンマンで通った相庭社長が現場から退いたと知れば、撤退するかもしれない。そうなれば、その会社と提携するために尽力《じんりょく》したことも無駄《むだ》になるし、外部の風を入れられなくなったレストラン部門は痛手を受ける」

「だから、少しは俺の話を聞いたらどうです。どっちも大変なことなのはわかるけど、それは俺にはどうにもできないことでしょう」

「いいや」

勢い込んで噛《か》み付いた俺の言葉に、彼は静かに首を振った。

「お前にしかできないことだ」

「…俺にしか？」

「そうだ。相庭社長の容体がハッキリする前に、社長には立派な後継者がいる。だから会社には何の問題もないとしなくちゃならない。もしも社長がこのまま引退したり長期に入院するようなことがあっても、会社は安泰だと信じ込ませるためにな」

そこまで聞いて、俺はうっすらと彼の言いたいことがわかってきた。

「俺に後継者の名乗りを上げろ、と？」

「そうだ。そのために社長が倒れたことは外部に伏せ、私が直接ここへ来た」

「…俺はまだ大学を卒業してません」

「学生社長なぞ、ベンチャー企業じゃごろごろしてる話だ」

「蘇芳グループはベンチャービジネスじゃない。ホテルが四つにレストランが五つもあるんだ。俺みたいな子供が背負える荷物じゃないでしょう」

「よくわかってるじゃないか。今のお前じゃ、全然ダメだ。自分の父親の会社が幾つの系列会社を持ってるかを知ってたことは褒《ほ》めてやるが、落ち着きも知識も足りない」

「だったら…！」

「だから、お前はこれからここで学ぶんだ。蘇芳グループの跡継ぎとして相応《ふさわ》しいと思わせるだけの、知識と礼儀と風格をな」

「はあ？」

「もう一度言おうか？　お前はこれからここで私から社長になるための教育を受ける、と言ったんだ」

「大津さん…！」

泣きそうだった。

情けないけど、ことの重大さに負けて。

「私は七年ぶりにお前の家庭教師となった。相庭社長のたっての頼みでな」

…父親が幾つもホテルとレストランを持つ社長ってことを、自慢したりひけらかしたりしたことはなかった。

住んでる所は父親名義のマンションに一人暮らしだし、車も持ってるが、自分が寄越せとねだったわけじゃない。あるものを使っていただけだ。

カードも父親名義のファミリーカードだけど、必要以上に浪費したことはなかった。

何より、将来自分は何にもしなくてもその跡を継ぐなんて考えもしなかった。

いつかは父親の仕事を手伝うことになるかも知れないと考えはしたが、大学を卒業したら父親の息のかかっていない会社で、普通の勤めをして、社会を学んで、役に立つ人間になってからだと思っていた。

だから大学四年になった今、自分の力で就職先を探している最中だったのだ。

「どうした？　腑抜《ふぬ》けた顔をするな」

俺はバカじゃない。

自分の実力も、二十代の若者を周囲がどんなふうに見るかもわかってる。

「…無理だ」

自分がダメな人間だとは思っていない。むしろ、上のクラスにいるという自負はある。でも大学の成績が優秀だとか、友人が多いという程度で人の上に立てるわけがない。

俺が会社の跡取りだと名乗りを上げるなんて、ありえない。

「こんな若造、重役や取引先の連中が認めるわけがないですよ」

「ほう、それでも自分のことはわかってるようだな。だが安心しろ、重役連中はすでに了解済みだ。相庭社長はそういう意味でも部下の統制が上手《うま》かった」

「でも取引先は？」

「お前が立派に会社を運営できると知れば、何も文句は言わんだろう。歳の若さを理由に文句を言うヤツは時代錯誤だと笑ってやればいい」

「中身もないのに?」

「そうだ」

彼は腕を伸ばし、短くなったタバコをテーブルの上の灰皿でねじ消した。

「お前には中身がない。だから私がお前の中身を作るんだ。大学も行かなくていい。今日からお前が学ぶのは大学のお勉強じゃなく帝王学だ」

「無理です…!」

「私が教えるんだ。無理じゃない。それとも、病に倒れた父親から会社を奪い、社員を路《ろ》頭《とう》に迷わせるか?」

俺一人がどうこうしただけで、そんなに大きなことが起こるなんて思えなかった。付け焼き刃で勉強したからどうなるって思う?

けれどそれをバカバカしいと突っぱねることもできなかった。

「でも…」

「二度と『でも』なんて言うな。それが社長の息子として今まで恩恵を受けてきた者の義務だ」

彼の言うこともわかるから。やる前から義務を放棄《ほうき》できるわけがないから。

それ以上反論することはできなかった。

突然肩に負わされた荷物の重さに、こんなところへ連れ込まれた怒りも何もかもすっ飛んでしまうほど打ちのめされてしまって…。

軟禁状態、と言っていいだろう。

その日からの俺の毎日は苦行だった。

これまでだって大学で遊んでたわけじゃない。確かに大学生という立場に甘えて、社会に出るまでは遊ぶべきだと思ってる連中もいるし、自分も何回かは自主休講を決め込んだことがあった。けれど、それなりの勉強はしていたのだ。

だがそれは決められた時間内のことで、朝起きてから夜眠るまでというわけじゃない。大津さんの用意したマンションで受けるマンツーマンの教育はそんなのとは比べ物にならなかった。

迫力がある、と思った男が朝から自分の目の前にいる。

「お前にホテル経営のノウハウを一から教えるつもりはない。教えたところで実際経営できるわけがないからな。会社を運営することは重役達に任せておけ」

ムチでも手に持たせたらピッタリだと思うような高飛車な男が、俺を睨みつける。

本人にその気がなかったとしても、まるでつるし上げられてるみたいな気分。

「じゃ、俺は何を覚えればいいんです？」

緊張して、いやだなあと思ってしまう。

「辞書の引き方とマナー一般だ」

でも彼には父のお墨付きがあるから逆らえない。

「辞書の引き方？」

「誰かにお宅のＧＯＰは何パーセントをキープしてるのかと聞かれて答えられるか？」

「…ＧＯＰって何ですか…」

「営業粗利益のことだ。通常二〇パーセント以上は欲しいと言われてる。だがそのパーセンテージの数字は現場からの報告がなければわからない。お前にその数字を覚えていろと言っても無駄だろう」

「それくらい、覚えられます」

「その数字一つだけだったらな。客室稼働率など他の数字が入ってきたら覚えきれないだろう。たとえ覚えられてもそんなくだらない数字で頭がいっぱいになるくらいだったら、他に覚えてもらいたいことが幾らでもある。お前が覚えるのは『ＧＯＰはいくらか』と聞かれたら誰に答えさせたらいいのかということだ。顧客が来店してるかどうか、ＦＢ部門の稼働率はどうか、そういう質問の答えを持っている人間の名前を覚えろ」

なるほど、だから『辞書の引き方』か。

「ＦＢ部門って何でしょう…？」

「フード・アンド・ビバレッジ。飲食部門のことをホテル業界ではそう呼ぶんだ。…最低限の用語は頭に入れるべきだな」

知らないと言われることを、恥じたりしないつもりだった。

小学生が高校の知識を持たなくても当然、高校に入ってから勉強すればいい。それと同じで、大学生なのだから、会社のことは会社に入ってから覚えればいいじゃないかと思っていたので。

だが大津さんはそれを許さなかった。

小学生に高校生の衣を着せてお披露目《ひろめ》するのだから、高校の知識を詰め込めというのだ。

ついでに、こんなのは高校の知識ほど高度な内容じゃない、とも言われた。

簡単な業界用語とホテルで働く人の名称、とその仕事内容。

取引先の会社名とその業種担当者の顔と名前。同じく取引銀行の担当者の顔と名前。

まあその程度はいい。

予想の範疇《はんちゅう》だったし、いつかは勉強しようと思っていたものだから。

だが、彼のいう勉強の主体は知識ではなく、作法だった。

礼儀、マナー、作法、流儀、風習。とにかく、その場所にあってその立場に相応しい行動を取るための全てを学べ、というのだ。

「お前をそこまでバカだとは思わないから、社長の息子としての振る舞い程度はできるだろう。だが今求めているのはその上、次期社長の態度だ」

と言う一言の下、朝起きてから夜眠るまで。まるでどっかのマナー教室にブチ込まれたようだ。

朝は七時に起こされ、起きたベッドを整えさせられる。スーツに慣れろということで、着替えるのはシングルのスーツ。ネクタイの結び方も教えられ、食事をすれば、椅子の座り方、立ち方、箸《はし》のあげおろしから挨拶《あいさつ》の仕方まで。まるで小姑《こじゅうと》がいるみたいに。

「違う。真っすぐに立てというのは、腹を突き出せと言ってるんじゃない。身体の重心は中心に置いて、頭のてっぺんから糸で吊られるように真っすぐに。視線は三メートル先の床の上を見るようにして、顎《あご》は引く。耳が肩の真上にくるようにするんだ」

スパルタ。

「歩くときに手は振らない。ぴったりと横に付けない。中指の先だけに力を入れ、腕と肩からは力を抜くんだ」

鬼コーチ。

「挨拶は相手によって下げる頭の角度を変えろ。すれ違う程度の時に腰から頭を下げてどうする」

単なる嫌がらせじゃないのかと思うほど細かく注意される立ち居振る舞い。

覚えさせられるのではなく、仕込まれるといった感じ。

教えるというより、知らないのかとバカにされてる気分。

「電話を取って声が聞こえなかったらどう返事をする?」

「切りますよ」

「もし相手が取引先だったら?」

「そんなの聞こえないからわかんないでしょう。ナンバーディスプレイで最初からわかってればあとでこっちからかけ直すけど」

繰り返して言う。

俺はバカなボンボンじゃない。今まで躾《しつけ》の悪い子供だと言われたこともない。

テーブルマナーも心得てるし、挨拶だってできる方だ。

けれど何故こんなに怒られることがいっぱいあるんだろう。

「電話を取ったらこっちから名乗る。声が聞こえない場合は何度か問いかけて、『お声が遠いようなので』もしくは『お声が聞き取れませんので』と前置きしてから『申し訳ございませんが、もう一度おかけ直しください』と言うんだ」

彼が俺を見下してるなんてのは、一発でわかってしまう。

「俺は電話番の教育受けてんの？　それとも次期社長の教育を受けてんの？」

だからムカつく。

「下のことができずに上にいる者の顔はするな。上に立つ者は、下からも上からも見られるんだ。下の者と同じことができなくては『なんであんなのが自分達の上に』と言われるし、上の者と同じことができなければ、『この世界でやっていけるものか』と言われる。第一お前は社長になったわけじゃない、なれるかどうかの査定を受けるんだからな」

『マイ・フェア・レディ』という映画がある。

街で花を売ってる娘を学者の先生が引き取って、一流の貴婦人に仕立てあげるというお話だ。

まさに気分はその映画のヒロインだ。

座敷での襖《ふすま》の開け方、閉め方、座り方に立ち上がり方。コーヒーを飲むのにも正式な作法があるなんて、俺は初めて知った。

「右手でカップ手前にあるスプーンを取り、掻《か》き混ぜた後はカップの向こう側に置く。その後で左を向いてるカップの持ち手を指先で右に回し右手で掴んで飲む」

……のだそうだ。

俺は教師をしたことはないし、大学生になってからはマンツーマンの教育なんて受けたことはないけれど、普通『ものを教える』というのは生徒のやる気を引き出すものだろう？

教えていることを覚えれば、『よくやった』の一言くらいくれるだろう。

けれど彼は俺が覚えても何も言わずただ先に進むだけで、覚えられなければあからさまに落胆の色を示す。

こんなことぐらいでつまずくのかと、口には出さないが空気が語る。

俺だって頑張《がんば》ってるのに。

認められないということが、何かを学ぶ上で一番妨げになるものだというのも、ある意味この男に教えられた。

三日目にはもう我慢ができず、当然のごとく俺は反論した。

「全ての社長がこんなことしてるわけじゃないでしょう。どうして俺だけがこんなに面倒なこと覚えなきゃならないんです」

と、正論を振りかざした。

けれど大津さんはそのセリフを鼻先で笑っただけだった。

「他人がやってないから自分もやらなくていいというのは、一番簡単な逃げ口上だな。それで、お前は無作法《ぶさほう》な社長達を見てカッコイイとか、仕事相手に選びたいとか思うのか?」

けれど返って来たのは、俺の怒りよりももっとちゃんとした正論だったから、後が続けられない。

「たかが学生の俺が、何でもできる方が厭味《いやみ》だと思うけどな」

と噛み付いても同じだ。

「それはいいところに気づいたな。厭味と思いそうな相手の前では、子供っぽいところを残してみせるくらいのさじ加減を覚えておくように」

もしこれで、大津さんが口だけの男だったら、俺も彼の穴を突いて、あんたができないことを俺に押し付けるなと言えるのだろうが、彼は完璧だった。

俺に教えることを、彼は本やノートを見たりしないで口にする。

椅子に座っても、食事をしても、タバコを吸っている横顔すら、カッコイイと思ってしまう。

背筋が伸びて、指の先まで気を遣うという意味がよくわかる手本だ。

けれど、正論が必ずしもいつも受け入れられるわけじゃないのと同じで、彼がカッコイイところを見せる度に、自分の心の中に浮かぶのは、『あなたと俺は違うんだよ』という文句ばかり。

それを口に出さないでいるのは、言えばまた鼻先で笑われるとわかっているからだ。

バカにされたくない男に負けるってことが、自分にはどうしても許せなかった。

驕《おご》り高ぶりはしないけど、俺にだってプライドってものはあるのだ。

ちょっと先に生まれて、ちょっとものを覚える時間が長かっただけの人間の言いなりになんかなりたくない。

ただ閉じ込められたマンションから逃げ出さないのは、逃げ出す方がカッコ悪いとわかっているからだ。

逃げれば、この男に負けたことになる。

そしてこいつは言うだろう、勉強が厳しくて尻尾《しっぽ》を巻いて逃げた、と。

それは正しくない。絶対的に。

教えられることが嫌なんじゃなくて、教えてる人間が嫌なんだ。先生がもう少し俺という人間のことを考えて、ちゃんとペース配分して、説明をくれる人だったら、同じことをされても、もっと素直に受け止められただろう。

上からものを言う、じゃなくて『すごい』上から見下ろされてる。

何をやっても、覚えても、すぐにその先を示されるから、充実感なんて感じられない。

こんな男、教師になんか向いていない。もっと別の人に習った方が絶対いい。

そのことを訴えるため、父親の病状を聞くため、実家に電話も入れた。電話をかけるのは自由だったし、携帯も取り上げられていなかったので。

母さんから言ってよ、俺の教育係を選ぶなら、もうちょっと態度のいい人にしてって。

…でもそんなセリフは言えなかった。

『お父さんねぇ、手術の必要があるんですって。まだ入院自体を表沙汰にできないから、そのつもりでいてくださいって』

電話の向こうから聞こえてくるか細い声。

カルチャースクールなんかに通って、フラワーアレンジメントの先生なんかもして、結構自立してる人だと思っていたけど、母は、仕事とは無縁の人だった。

だから、頼っていた父が倒れたことは、俺よりショックだったらしい。

「大丈夫だよ。大袈裟《おおげさ》にするなってことは大袈裟じゃないってことだから」

母を弱い女だと感じたのは初めてだった。

自分が守ってあげなくちゃいけない人なんだと思ったことも、初めてだった。

『由比は大丈夫なの？』

「うん、俺はね。勉強ばっかりで退屈なくらいだよ」

『そう。大津さんはしっかりした方だし、そこにいるなら私も安心だわ。お前も身体だけは気を付けるのよ』

「わかってるって。心配ばっかりしてると、早く老《ふ》けるよ。じゃ、何かあったら何時《いつ》でも俺のとこに電話してきていいからね」

少しだけ、大人にさせられた気分。『なった』じゃない『させられた』だ。

俺はまだぬくぬくとしていたいのに、支えていてくれたものが急に外されてしまった。

その代わりに、俺によりかかって来る者がいる。

自分がしっかり立たないと、倒れる人がいるんだと、その電話で思い知らされた。

ひょっとしたら、こうなることがわかっていたから、大津さんは俺から電話を取り上げず、実家に連絡を取ることを止めなかったのかもしれないとさえ思ってしまった。

お前が『助けて』と言う先は、お前のことなんか面倒みてられない状況なんだ。信じられないなら自分で連絡を入れてみろ、って。

既に学生課には事情を説明済みだという大学は自主休講。

「起きろ。今日は和食のマナーを教えるからさっさと着替えるんだ」

朝起きて、大津さんの厳しい声を聞かされて、一日中彼に躾けられ、疲れて眠る。

「覚えることはまだいっぱいある」

認められることも、褒められることもなく詰め込まれる知識。

助けも、頼る先もなくて、マンションの一室でずっと彼とだけ会話して、逃げ場所もなくストレスを溜《た》め続ける。

「この程度のところでグスグズしている暇はないぞ」

そんな日々が我慢出来なくなるのは、時間の問題だった。


「今日は私は仕事で出掛けるから、その間にこの本を読んでおけ」

朝食の席、そう言いながら大津さんがテーブルの上に山積みにしたのは女性向けのファッション誌だった。

「…何です、これ？」

「見てわからんのか？」

「わかったから聞いてるんです。聞きたいのは、どうしてマナーの勉強で女性誌を読まなきゃならないのかってことですよ」

もう慣れてしまったことだけれど、彼は俺の質問に対していつも返事をするまでに一拍置く。

大抵はその時に小さなタメ息を漏らしているのだが、これは絶対に自然に出るものではなく、ワザとだ。

「今の消費経済の主流は女性だ。ホテルの顧客も、以前と違って会社やファミリーではなく、女性の友人同士が多い。だから、ターゲットである女性のことを少しは頭に入れておけ、ということだ。それとも、リサーチに合うような女友達でもいるのか？」

「女友達ぐらいいますよ。ただ今は四年の夏ですからね、みんな就職戦線で暇がないだけです」

「それなら、やっぱり雑誌から吸収するんだな」

どうしてこの人はこういう言い方をするんだろう。

今と同じことを、先にホテルの客のリサーチのためだから雑誌に目を通しておきなさいと説明して命じてくれれば、まだ腹も立たないのに。

「そういえば、大津さんって、何の仕事をしてるんです？　俺なんかの相手をするために一日中付き合ってますけど。そんなに暇な仕事なんですか？」

厭味を込めて言ったセリフも、また流される。

「暇はないが、時間を裂《さ》いてでもやらなければならないことだからしてるだけだ。それに、その質問は初めて会った時にするべきだな。一緒に生活する教師に、何の興味も持たなかったというのは減点ものだ」

…オマケに一を言えば十返ってくるって感じ。

「すいませんね。俺は大津さんに興味がなかったもので」

「なにごとにも興味は持つべきだな。反省しておけ」

ああ、もう。

「それと、読んだら気が付いたことをレポートにまとめておけ。学生なんだから、それはお手の物だろう?」

にやりと笑う口元が、またシャクに触る。

この人は絶対サディストだな。

俺を怒らせるように、怒らせるようにものを言うんだから。

俺をいじめて楽しいですかと聞いても、この人なら『そうだな』で終わってしまうだろう。もうちょっと優しい言い方をしてと言えば、どこまでも甘ちゃんだなと笑われるだろう。腹は立つが、この人には何を言っても勝てやしない。

だから、せめてもの厭味としてぽろりとこんな言葉が口から出てしまった。

「大津さん、変わりましたよね。昔はもっと優しい人だと思ってたのに」

それだって、『人は変わるもんさ』で済まされると思ったのに、彼はすぐに返事をしてこなかった。

かと言って、その短く空いた間に聞こえてくるタメ息もない。

視線を向けると、彼は意外だというような目でこちらを見ていた。

「覚えているのか？」

それがまるで嬉しいような顔に見えたから、戸惑ってしまう。

だがそんな顔は一瞬のことだった。

表情はすぐにいつものようなシニカルな笑みに変わってしまう。

「覚えてるわけもないな。再会した時にこれっぽっちも思い出さなかったんだろう？」

「…覚えてますよ。あの頃の大津さんならね。ただ、再会した時は変わり過ぎててわからなかっただけです。昔と同じだったらすぐに『大津先生』って呼びました」

それは真実じゃない。

俺はたった二週間だけの家庭教師のことなんか、顔さえ覚えていなかった。

でもここで覚えてないと言うと、何か負けた気がするから、そう言っただけだ。

でもこの言葉にも、彼はいつもと違う笑みを浮かべた。

「誰でも、昔のままじゃいられんさ。人は変わるもんだ」

思っていた通りの返事。

でもニュアンスは想像していたものとは違う。もっと軟らかくて、寂しそうな響きがある。

「…まあそうですよね。俺だってあの頃と変わりましたし」

「お前はあまり変わらんだろう」

「成長してないって言いたいんですか？」

「そうじゃない。昔と同じく真っすぐだと言うんだ。大学生にもなれば、もっと甘えきってるか、もっとひねているかと思っていた」

思いがけない褒め言葉に、くすぐったさを感じる。

俺は忘れていたけれど、この人は覚えていてくれたんだ。七年も前の、たった二週間のことなのに。

それで今までの態度が全てチャラになるわけではないけれど、ちょっと見る目を変えてみた方がいいのかな、とか思ってしまう。

「…あの頃、俺のことどう思ってました？」

「うん？」

「ちょっとした興味です。中三の頃の俺って、どう見えてたのかなあ、と」

彼は少し目を泳がせポツリと呟《つぶや》いた。

「鼻っ柱の強い子供だったたな。だが悪い子供じゃなかった」

俺みたいに話を合わせているんじゃなく、当時を思い出してるからこその言葉。

「気に入ってました？」

追いかけるように聞くと、彼は肩を竦《すく》めた。

「どうだったかな。もう忘れた。さて、私は仕事に行くから、真面目にしてるんだぞ」

せっかくいい雰囲気になったのに、会話はそこで終わりだった。

もう少し、自分も彼のことを思い出す努力をしてみようか？

彼が当時どんなふうに俺を扱ってくれていたのか。ひょっとして、彼の態度は当時の俺に理由があるのかも知れないし…。

「結局、何の仕事だかは教えてくれないんですね」

「今はお前の家庭教師だ」

はぐらかすほどのことでもないだろうに。どこまでも俺を子供扱いってわけか。

もしかしたら、この人にとって俺はいつまでも中学三年の子供なのかも。

大津さんは朝食を終えて席を立つと、さっさと俺を置いて自分の部屋へ消えた。

マンションは最初思っていたよりも更に部屋数は多く、実際は5LDKだったのだが、自分が自由になるのは簡単な荷物を運び入れた寝室だけ。

あとは勉強用にパソコンが置かれた部屋と、大津さんの寝室と、和室。そして未《いま》だに中を見ていない部屋が一つ。これが多分彼個人の仕事部屋なのだろう。

大津さんはすぐに部屋から出て来ると、そのまま言葉もくれず部屋を出て行った。

玄関ドアの開閉の音は、まだダイニングに残っていた俺のところには届かず、ただ急に部屋がしん、となってしまったことだけが妙な具合だ。

別に優しい言葉をかけてもらいたかったわけではないけれど、一緒に住んでるんだから『いってきます』くらい言えばいいのに。

それこそ、礼儀ってものだろう。

ここへ来てもう十日。

嫌なヤツだと思っていたけれど、やはりたった一人の言葉を交わす相手がいなくなるのは寂しい。

しかも、怒らせたまいなくなってくれればいいのに、最後の最後で上手い具合に人の気を惹《ひ》いて…。

もしかしてこれは彼の作戦だろうか？

一人で置いていく直前に優しげな顔を見せ、自分のありがたみを感じさせて柔順にさせようという…。

そう思うと急にムカついた。

そんな手に乗るものか。

説明なく人を振り回すような人間に、柔順になんかなれるものじゃない。

俺は彼が残して行ったファッション誌に手を伸ばし、パラパラと捲《めく》ってみた。

男性向けでも同じだが、中身は服やグッズの写真ばかり。

これのどこがホテル業に関係があるというのだ。

「これも嫌がらせかな…」

何かを探し出して報告した途端、関係があるわけがない、と書くべきだと怒られたりして。

「何時に帰って来るかを言わないのもヤな感じだし」

雑誌など読む気にならず、すぐに閉じてテーブルの端へ追いやる。

番人がいないのに、時間を惜《お》しんで勉強するなんてばからしい。

毎日真面目にやっていたのだ、今日くらい息抜きしたっていいだろう。

俺も立ち上がり、自分の寝室へと向かった。

その時、ズボンのポケットがぶるっと震え、お気に入りの着信を流す。

慌《あわ》てて振動の源である携帯を取り出すと、ディスプレイには大学の友人である松坂《まつざか》の名前が点滅していた。

「はい、もしもし」

『お、出たな』

聞き慣れた友人の声に、気が緩む。

「何だよ、出たって」

『全然大学に出て来ないからさ、どうしたのかと思って』

「ちょっと実家で用事があってさ」

『用事？　何だよ』

父親が倒れたことは誰にも言ってはいけないと言われているから、そこは軽く流す。

「ああ、まあね。ちょっとヤボ用」

『ふぅん。ホントはこっそり会社説明会とか行ってるんじゃないのか？』

「そんなことないって。そっちはどうするか考え中だよ」

『ならいいけど。抜け駆《が》けするなよ』

笑って言うけど、結構本気なんだろうな。

「それで、何？」

『ああ、そう。実は週末の飲み会、どうするか聞こうと思って。みんな心配してるから、顔出せよ』

飲み会か…。

「行きたいな」

『じゃ、出席でいいか？』

「うん。じゃ、時間と場所が決まったらメールくれよ。ちょっと事情があって、今別のところにいるから。携帯の方に頼むな」

『いいけど。ヤバイことはするなよ？』

「ばーか。大丈夫だよ。ホントに実家の都合だから、飲み会にはちゃんと顔も出すさ」

『そういえば、渋谷《しぶや》達とかさ、もう十社も行ったらしいぜ、会社説明会』

「ウソ、まだ解禁じゃないんだろ？」

『懇親会《こんしんかい》とか先輩の誘いのお茶会程度のもんだけど、今年も売り手市場らしい。早めに内定を出すのも傾向だろう』

今まできゅうきゅうに締め付けられていて、大津さんとしか言葉を交わしていなかったから、気を遣わないで話せる友人との会話は楽しかった。

「俺もうかうかしてらんないよなぁ」

相手の反応を気にせず叩く軽口が、肩の力を抜かせてくれる。

『もう決まってんじゃないの？』

「またそういうこと言う。そんなことないって。ちょっとアルバイトみたいなことはしてるけど、そのままずっとやれることじゃないし。ちゃんと探さないと」

社長の跡継ぎとしての教育といったって、俺みたいな若造がそのまま社長の椅子に座れるわけがない。

父親が入院している間だけ、後ろにはこういう人間がいるから大丈夫ですよと見せる看板みたいなもんだろうと。

『バイトだなんて優雅だな』

「しがらみだよ。実はそれで休んでるんだ。ま、一段落したらお仲間になるからって渋谷達にも言っといてくれよ。参考になりそうなこと教えてくれたら、茶ぐらいおごるって」

『お茶じゃなぁ』

出掛ける前の大津さんは、もしかしたら優しい部分があるのかも知れない、辛く当たる理由があるのかも知れないと思わせてたし。

言葉はキツイけれど、今日は休暇として与えてくれたのかも知れない。

『そう言えばさ、コレ知ってるか?』

監視役がいなくなって、一気に気が抜けた。

残された課題も、大したことじゃない。

ソファに横になって、長電話をしてるうちにそんな気になってしまった。

まして昼になっても大津さんからの連絡がないと、食事をするついでだからと、自分のマンションに戻ってゲーム機などを持ち帰ってしまった。

今まで頑張ったのだ。

息抜きは必要だ。

外をふらふらと遊び歩いてるんじゃない。部屋でおとなしく時間を潰すくらいなら、文句も言われないだろう。

これ以上ストレスが溜まったら能率が落ちる。それくらいなら、休養はとるべきだと自分で自分に言い訳をして。

一応、言われたレポートは簡単にまとめておいてから、ビールとポテチを片手に寝室で始めたゲーム。

大津さんが帰って来た気配がしたら止めればいい。

そう思ってコントローラーを握り、やりかけだったロープレにハマり込んだ。

時間が過ぎるのも忘れて…。


「これはどういうことだ？」

あと少しで、賢者の石の錬成ができるところだった。

必須アイテムの赤い竜骨も手に入ったし、あとはアトリエに戻るだけってところだったのだ。

けれど背後からはゲームの中の魔王より怖い声が響き、振り向くより先に俺の手からゲーム機を取り上げ、電源を切った。

「あ」

セーブしてないのに、という惜しみの声に、大津さんの目がジロリとこっちを見下ろす。

「こんな物を持ち込ませた覚えはないぞ」

その全身に、怒りのオーラが見える。

「…マンションから持って来たんです」

「外に出たのか?」

「出るなとは言わなかったじゃないですか。それに、マンション行ってすぐに戻ってきただけなんだし…」

別にゲームしてるくらいいいじゃないかと思うのに、空気は俺が悪いことをしたというもので、それに呑《の》まれるかのように罪悪感が湧《わ》く。

「言っておいたレポートは?」

「そこにあります」

取り上げられたゲーム機がポイッと投げ捨てられ、彼はベッドの上に置いておいた俺のレポートを手に取った。

「…二枚?」

「な…、何枚とは言わなかったでしょ」

無言で突っ立ったまま、彼がそれに目を落とす。

その間に、俺はゲーム機と、飲み終えたビールの缶と、ポテトチップスの空袋をごそごそと片付けた。

しまったたな。

この人が帰って来るまでには止めようと思ったのに。やっぱり最中を見られると言い訳しにくい。

「これだけか？」

「何です？」

「中身が何もない。ファッション性を加味した経営とはどういうことだ。女性の服の流行をホテルマンが覚えてどうする」

「だって、何に着眼するかは俺の自由でしょう？」

「何に目を止めてもかまわんが、だからどうするという結果が書かれていなければ、レポートとして役をなさないだろう。しかも少し目を離すとビールにスナック菓子か？」

「何を食べたっていいじゃないですか。ポテトチップスくらい社長だって食べます。父さんだって好きですよ。何もかも悪いみたいな言い方、やめてください」

叱《しか》られる理由なんかない。

少なくとも、俺は今日まで真面目にやってきた。

たかがゲームをしたくらいで、どうしてこんなに怒鳴られなきゃならないんだ。

「何もかも悪いと言ってるわけじゃない。今は勉強中だろう。それとも何か？　お前は大学の試験中でも酒を飲んでごろごろしながらゲームをやるのか？」

アルコールが入っていたから、気も大きくなっていたのだろう。頭ごなしに怒られて、俺は反論した。

「息抜きは必要ですからね、そういう時もあるかも」

「それでいい成績がとれるのか?」

「とりますよ。何をしてても結果が出ればいいんでしょう」

「結果が出てないから言ってるんだろう。こんなレポート、採用できるか」

「目的も言わないで、ただ雑誌を見て書けって言われたってわかりませんよ。俺が何もわかってないって怒るなら、ちゃんと教えてから怒ってください」

「何だと?」

「だってそうでしょう? 社長の跡継ぎらしくしろって言うのはわかりますよ。勉強しろって言うのもわかります。でも最終的にどうしろっていうんです? 俺にすぐに社長の椅子に座れってわけじゃないでしょう? だったら、俺だって息が詰まることはある。少し休むくらい許されるんじゃないんですか?」

自分も立ち上がって、正面から彼を睨む。

「休みたいのか」

「何にもしないでゴロゴロしたいってわけじゃないですよ。ただ今はまだ必要ないことまで無理に詰め込むことはないんじゃないかって言ってるんです」

「覚える必要がない？」

ムッとしたように彼の片眉が上がる。

でも怯《ひる》まないぞ。ここで怯んだらもう反抗する余地がなくなる。

ずっとこの人の言いなりになって、自由も何もかも奪われてしまうのだ。

冗談じゃない。

「ホテルの知識に関することは必要でしょう。礼儀の基礎的なことも必要かもしれない。でも、俺がベッドの整え方を知ってどうするんです？」

また呆《あき》れたという顔をされる。

でも納得のいく説明をしてもらわないと。

「…一つにはそれがホテル内の業務の一つだからだ。もう一つは、お前の人となりを見られるからだ」

「ベッドで？」

からかうように聞いたのに、彼は真面目に答えた。

「ホテルに泊まった時に、乱れたままのベッドでは使用者の人格が疑われる。まして、お前がホテルの次期社長であるなら、それが自社のホテルでなくても従業員の見る目も違うだろう。集まりがあって、誰かと同室で休むこともある。その時にボンボンは躾がなってないと思われるだろう」

「そんなの…」

「一度でもお前が『次期社長』というレッテルを貼られれば、お前の動向は全てチェックされるんだ。社内に敵はいなくても、社外には足を引っ張りたい同業者はいくらでもいる。社内ですら、安心はできないかも知れない。これからお前は、何時、どこで、誰に見られても非の打ち所のないようにしなければならないんだ」

足を引っ張りたい人間…。

そんなの、考えたこともなかった。

「家に帰っても、ですか?」

「家ではかまわないが、会合だの接待だの、家以外の場所で寝泊まりすることもある。そういう時のために朝から晩までの所作を教えてるんだ」

言われているうちに、段々と嫌な気分になってくる。

それじゃまるで自分はさらし者になれと言われてるようなものではないか。

そんなに四六時中他人に見られるなんて、あるんだろうか。周囲にいる者がみんな自分のアラ探しをするなんて…。

俺は決められたレールの上を歩けばいいんじゃないのか? 相応しいか相応しくないか

で、もし相応しくないという結果が出たら、どうなってしまうんだ？

…まさか。

黙ってしまった俺を見て、大津さんも言葉を切った。

「…まあいい。お前はまだ若い。酒が飲みたくなることもあるだろう。こっちへ来い。ついでだから少し酒のことも教えてやる」

彼の手が慰《なぐさ》めるように軽く俺の肩を叩いても、気分は悪いままだった。

次期社長という名前は、輝かしいもので、それが重たいであろうとは想像していたけれど、嫌なものだという認識はなかった。

けれど今の大津さんの話では、人身御供《ひとみごくう》みたいな言い方だ。会社を安泰だと思わせるために、俺の素行が差し出される。

そして彼が最後に見せた気遣いが、それは間違いでも脅しでもないと教えていた。

俺は社長になりたいわけじゃない、とはもう言えない。

暗い気分ではあったが、いつまでも部屋に突っ立ってるわけにはいかないから、彼を追ってリビングへ向かった。

リビングでは、大津さんがスーツの上を脱ぎ、タイを取り、カフスを取ってシャツの袖を捲って、飾りのようにサイドボードに並んでいた酒を幾つも取り出していた。

いつもピシッときめている彼らしからぬ姿に、ちょっとドキッとする。

ラフなスタイルだと、印象が変わるな。

「酒なんて、ラベルが貼ってあるからわかるでしょう」

その姿にときめいたことを隠すために、憎まれ口を叩く俺の前で、綺麗《きれい》なカットグラスとマドラー、ミネラルウォーターにレモン果汁のビンも揃える。

「味の違いを覚えるんだ。どうせお前が飲むのはビール程度だろうが、大人の酒の付き合いではそうはいかない。ペールに氷を入れて持って来い」

ここに来た時から、飾られた高そうなビンに興味はあったのだが、他人様のものだと思って手を出さずにいた。でも味の違いってことは飲ませてくれるのかな。

俺は少し期待して氷を取って来た。

「ウイスキーとブランデーは何が違うかわかるか?」

「…原料? ウイスキーは大麦とかトウモロコシだけど、ブランデーはワインを熟成させたものだって、前に聞いたことが」

「そうだ。ではまず生《き》のままで一通り嘗《な》めてみろ。右から、ウイスキー、ブランデー、ジン、バーボン、ウォッカ、テキーラ、リキュールだ」

「そんなの嘗めなくたって味くらいわかりますよ」

「学生向けの居酒屋で飲むのとは濃さが違う。あんなところで出してるのは水で薄めたまがい物だ。本物の濃さと味わいを覚えろ。もっとも、安ビールを飲んだ舌じゃ深い味わいはわからんだろうから、今日はその強さの度合いだけ納得すればいい」

ズラリと並んだグラスに、琥珀《こはく》色やら透明なものやら、次々と液体が満たされる。

まず、その一番右のグラスを手にとってみた。

「ウイスキーってちょっとオジサン臭いイメージありますよね」

「バーボンは?」

「バーボンは俺達も飲むからアレですけど」

「バーボンは別名アメリカン・ウイスキー。ウイスキーはその産地によって分類される。スコッチ、アイリッシュ、アメリカン、カナディアン。そして原材料では、モルトと呼ばれる大麦麦芽だけで作られたもの、モルトで作られたもの同士を混ぜたピュアモルト。単一蒸留《じょうりゅう》所で作られたモルトウイスキーだけを使ったシングルモルト。それに対しグレーン・ウイスキーはトウモロコシ、ライ麦、小麦、オーツ麦などが使われる。バーボンはトウモロコシやライ麦なんかだな」

「え、バーボンってトウモロコシで作るんですか?」

「知らなかったのか」

「はい」

そこは素直に頷いた。本当に知らなかったから。

「タバコは、同じ嗜好品《しこうひん》でも好き嫌いがハッキリしている。だが酒は大抵の場合親睦《しんぼく》の象徴として扱われ、多少苦手でも飲まなければならない。酒が入れば人は気が緩み、親密さが増し、商談も上手くいく」

グラスを鼻に近づけると、アルコールの強い匂いがした。けれどその中にも、どこかスモーキーで芳醇《ほうじゅん》な香りがする。

一口含み、呑み込むと、カッと熱いものが喉を流れていった。

「だがそれは酒に飲まれなければ、の話だ」

「何か、鼻に抜ける感じ」

「軽く嘗めるだけにしておけ、いいな。酔ったと思ったらすぐに止めるんだぞ。酒に飲まれるとロクなことにはならん」

「わかってますよ」

次にはブランデーのグラスを取って、一嘗め。今度はさっきよりも甘やかな匂いだった。けれどアルコールの強さに変わりはない。

もう身体が熱くなってきて、鼻の奥から頭のてっぺんにかけてがキューッと絞られるよ

うな感じがする。

ジンは苦くて、好きじゃなかった。バーボンは飲み慣れたクセのない味で、これだけは一嘗めじゃなく、二口飲んだ。

「強い酒を飲まなくてはならない時には、後からチェイサーといって水や炭酸を飲むといい。腹の中でアルコールが薄まる」

彼の声がちょっと丸く響いて聞こえるのは、態度が軟化したからか、自分が酔い始めたせいか。

そろそろマズイかな、と思って『もういいです』と言おうと思った。

ここで酔ったらまた何か言われるから、自分の足で部屋に戻れるうちに止めてしまおうかと。

だが彼が、俺が一嘗めしただけで喉を焼いた酒のグラスを、次々に空っぽにしてゆくから、つい対抗心が湧いて言葉が止まる。

「ウォッカはレモンやライムなどの柑橘《かんきつ》系を搾って入れるとクセがなくなる。まず生のまで飲んでみろ」

新しく手にしたグラスは辛くて、飲みにくかった。

「…好きじゃないし、強いです」

「だがこうするとどうだ」

そのままだったら、やっぱり『もういいです』と言えたのだろうが、大きな手が、用意していたレモン果汁をグラスにたっぷりと注ぎ、新たに口を付けたその味がぐっと飲みやすくなってしまったのもマズかった。

「味がしない」

「そうだ。だがアルコール度は変わらないから、口当たりがよくても飲みすぎないように注意するんだぞ。酔って潰れたら、何をされても文句は言えないからな」

注意されればされるほど、平然としている大津さんの態度が気に障《さわ》る。

俺はまだ子供だと言いたいんだろう。それが事実であればあるだけ、何だか腹が立つ。

「うん？　電話か？」

携帯の着信はヴィバルディで、選んで入れたのではなく初期設定のままいじっていない音楽だとわかるのが、彼らしい。

「ちょっと待ってろ」

俺を簡単に置いて行ってしまう彼の背中を、悔しくて睨みつける。

「はい、大津だ」

…ああ、そうか。

俺がこの人を嫌いなのは、この人が明らかに自分よりずっと前を行ってるってわかるからなんだ。

何かを教えられて、覚えようとしても、彼の知ってることの十分の一も教えてもらってないのだと思うと覚える喜びがない。

苛《いじ》めるようなものの言い方は、『お前は役に立たない』と言われているようで、言葉を切った時のタメ息が見捨てられてるように聞こえるからだ。

何かを覚えるのは嫌いじゃないけれど、いくら覚えても認められないのが嫌なのだ。

立ち居振る舞いも、知識も、酒の強さも、彼には敵《かな》わない。

開いた距離を見せつけられ、埋めようとしても埋まらないのが辛い。

先生の方が生徒より知識が豊富なのは当然だけれど、大津さんは教師とは思えない。

あの人は、そういう親密さを与えてくれないから、まるで戦ってる相手みたいな気になる。そう、まるでライバルが自分と同じところまで上がって来られるように躾けてる、みたいな感じ?

だからできない俺のことをバカにしてる。そんなこともできないのかって、言外に匂わせられてるみたいで。

…別に俺と大津さんが争うようなことはないんだけどさ。

大津さんのことを思い出そうとしたけれど、家庭教師として訪れた当時のことは結局思い出せなかった。

でもきっとその頃は、俺のことを褒めてくれていただろう。もし今と同じだったら憎たらしくて覚えていたはずだから。

「由比」

電話を終えて振り向いた大津さんがギョッとしたような顔で俺を見る。

「はい？」

意外な顔でちょっと面白いな。

「何やってる」

「何って、テイスティング。テキーラは辛くてキライだけど、リキュールはいいですよね。これ、ライムでしょ？　俺結構好きかも」

「ばか、飲み過ぎるなと言っただろう！」

怒鳴られて、またムッとする。

人を教えてる最中に席を外したクセに、ちゃんとやってた俺を怒るのは酷《ひど》いじゃないか。

「ばかとは失礼だな。それに、そんなに飲んでませんよ。グラスにたった一杯だけじゃないですか。それに、トロッとしてるからちゃんと割って飲んだし」

掲げてみせたグラスを彼の手が取り上げ、クンッとその匂いを嗅ぐ。

「ウォッカで割って飲んだな」

「…え?」

俺は自分がグラスに注いだ透明のビンを見た。

「あ…、そうかも」

「『そうかも』じゃない。自分が飲んでるものも確認できないほどバカか」

「バカって言うの、止めてください!」

カッとなって反論した声が、自分が思っていたよりも大きく響いてしまう。

でも、それを訂正する気にはならなかった。

だって、いい加減頭に来ていたのだ。

「大津さんから見たら、俺は子供かも知れないけど、俺だって頑張ってるんだから、頭っからバカにするような態度をとるのは失礼でしょう」

そうだ。

俺は今まで我慢してきたんだ。

一応は先生だし、父親の知り合いだと思うから、言いたいことも言わずに。

でももうどうせあなたが今俺を見る目は『酔っ払い』なんでしょう。どうせ蔑《さげす》まれてるんなら、最後まで言ってしまおう。

「大体、あなたは俺のことなんかどうでもいいと思ってるでしょう。父さんに頼まれたから仕方なく面倒みてるだけでしょう。そういうの、ちゃんとわかるんですよ」

大津さんの顔が歪《ゆが》む。

「俺は確かにものを知らないけど、そんなの当たり前じゃないですか。今まで必要ないって言われてたんだから。でも今は必要だと思ってるから頑張ってるのに、あんたは全然認めてもくれなくて…」

「認められるとそこで終わりだから、厳しくしろと言ったのはお前だろう」

…よく言う。

「そんなこと言ったことありませんよ」

俺の責任にする気か。

無理にこんなところに連れ込んで、頭ごなしに叱ってばかりで。今まで逃げ出さなかったことを褒めてもらってもいいくらいなのに。

「俺は大津さんなんか『大キライ』です。教えてもらうならあなたよりもっと優しい人がいい。そうですよ、高橋《たかはし》さんがよかった」

俺は専務である人の良さそうな高橋のおじさんを思い浮かべた。

何度もウチに来たことがあって、礼儀正しくて、俺にもとても優しく接してくれた人だった。

「ええ大キライですね。ホントなら、あなたの顔なんて見たくもない」

あの人だったら、きっと親切に教えてくれたに決まってる。

「言いたいことはそれだけか？」

低い声に一瞬怯むが、引かなかった。

「お…、俺が社長になったら、あんたなんかクビだ。人の気持ちも思いやれないような人の側《そば》になんかいたくない」

今言わなければ、もう言うチャンスはないから。

「残念だな。お前にはその権限はない。第一、私は社員でもない」

だが、大津さんは突然俺の腕を取って引き立たせた。

「何するんだ…！」

手を振りほどこうとすると、その前に手が離れてしまうから、身体がふらつく。

「あれほど酔うなと言ったのに、自分の足で立てないのか」

「今はあなたが急に立たせたからでしょう。そんなに酔ってなんかいませんよ」

「『大キライ』？」

「それなら、逃げてみろ」

「…逃げる?」

「自由がきかなくなるくらい酔うということがどれだけ危険なことか、その身で思い知るんだな」

「何が危険なんですか」

大津さんの、こちらを見る視線がきつくなる。

「自分が望んでいないことを強要されるということだ」

伸びてきた手で、殴《なぐ》られるのかと思った。

けれどそうではなかった。

「酔ってないというなら、この手を振りほどいて、逃げて、自分のベッドに潜り込め」

強く掴まれる腕。

「何を…!」

逃げろと言ったクセに、逃がさないと言わんばかりの強い力。

「どうした? 逃げられないのか?」

掴んでいるのは片方の腕だけ、掴まれてるのも片方の腕だけなのに。

「離せ…」

怖い。

「離せよ！」

厳しさからくる怖さじゃない。

何故彼がそんな挑むような目で見るのか、どうしてそんなに真剣なのか。

その真剣さが怖くて、身体が動かない。

「来い」

その時初めて、俺は考えた。

もしかしたら、大津さんは俺の家庭教師などしたくなかったのではないか。彼がここにいるのは彼の意思ではないのではないか。

もしかしたら、彼は俺を嫌っているのではないかと…。


彼の寝室を、戸口から覗《のぞ》いたことはあった。

ここへ来てすぐ、ここは私の寝室だから勝手に入らないようにと言い置かれた時に。

だからそこへ入るのは初めてだった。

白と、黒に近いダークブラウンで統一された室内。

換気されているだろうに、部屋に染み付いているタバコの匂い。

大きなベッドの傍《かたわ》らには、幾つか吸い殻の残った灰皿と電話が置かれ、凝った飾りの木の椅子に無造作にかけられたバスローブ。

腕を取られたまま引き入れられた俺は、そのままベッドへと投げ出された。

彼の手が離れたのだから逃げればいい。

今すぐに立ち上がって、大津さんの横を抜け、自分の寝室へ駆け込むべきだ。

「どうした？」

けれどそれができなかった。

「逃げないのか？」

彼自身が逃がす猶予《ゆうよ》を与えてくれているのに、足が言うことをきかない。

甘く強い酒のせいなのか、それとも、彼に対する恐怖心か。蛇に睨まれたカエルのように、倒れ込んだベッドの上で、上半身を起こすのが精一杯だ。

今まで、誰かに憎まれたことなどなかった。

ケンカをしたり、嫌われたりしたことぐらいはある。

けれど、自分だけを対象に、こんなふうにギラギラとした目で見られたことなどなかった。

だから、どうしたらいいのかわからない。

「逃げる力も残ってないくらい酔っ払ってるのか」

呆れたような口調。

バカだと思われてるのは腹立たしいが、それよりも今はバカにしてるのなら許して、解放してくれないかと願っている。

「由比」

伸びてきて、頬に触れた手は冷たかった。

その冷たさが、自分を正気に戻す。

「…殴るんですか?」

「殴る?」

「どうされても仕方がないって言ったじゃないですか。酔って、抵抗出来ない子供を虐待《ぎゃくたい》するんですか?」

声が、震えているのが自分でもわかった。

この人に捕まったら逃げられない、そんな予感がして。

けれど大津さんは俺を見ると、フッと吹き出すように笑って、暴力を否定した。

「これからお披露目を控えてる人間に、怪我などさせるわけがない。私がお前に危害を加えるなんて…」

笑った？

いや、違う。

堅く奥歯を噛み締めるから、唇の端が上がって見えただけ。それが微笑んだように見えただけだ。

「お前の知識はガキだが、身体はもう子供じゃない」

「それじゃ何を…」

「酔って抵抗できないオトナを…」

タバコの匂いのする唇が近づくのは見えていたのに、どうして避けなかったのか。

「…抱くんだ」

柔らかく掠《かす》った唇の感触。

彼の口にした言葉の意味が頭の中で理解されるまで数秒かかる。

そして理解してからも、納得はできなかった。

抱く？

俺を？

どんなふうに?

「…大津さ…」

強い力で押さえ込まれ、ベッドに仰向けに押し倒される。

熱い体に冷たい手が触れる。

「何を…!」

俺よりいっぱい飲んだはずなのに、彼の身体は冷たい。

自分の身体を自分の意志で動かしている。

その彼が、俺のシャツを捲り上げた。

「冗談は…!」

「大した力は加えていない。酔ってなければ逃げられるだろう。逃げられないほど酔っているなら、人の忠告を聞かなかったお前が悪い」

首筋に舌が這《は》う。

なまめかしい感触に鳥肌が立つ。

「これは罰だ」

女の子に手を出したことはあるけれど、同じ歳の普通の娘《こ》だったから、俺が優しく触れてやるような営みだった。

男女問わず他人から愛撫《あいぶ》を受けるのは、正真正銘これが初めてだ。
そして初めての感覚は、俺の身体から酔い以上に力を奪う。
「やめ…」
俺の上に君臨していた男が、俺の胸を嘗める。
感情などないような堅い表情しか見せなかった男が、肌を嬲《なぶ》る。
視覚から入ってくる刺激は強烈で、そのいやらしい情景は身体を痺《しび》れさせた。
酔っている時は、感覚って鋭敏になるんだっけ？　鈍麻《どんま》されるんだっけ？
酔ってると勃《た》たないと聞いたことはあったけれど、それはウソだ。
だって、俺はまだ胸を弄られただけなのに、反応し始めてる。
「あ…」
腰を疼《うず》かせるような快感を覚え始めてる。
彼が上手いからかもしれない。
これが初めて『される』ということだからかもしれない。
どっちにしても、自分のものではない手が、身体の上を這い回ることに溺《おぼ》れてゆく。
「若いな。誰にでも反応するか」
揶揄《やゆ》するような言葉に彼を押し戻すと、意外なほど簡単に彼は身体を離した。

からかわれた。

そう思って睨みつけると、大津さんはまた笑ったように見えた。

「それでどうする？」

それも、本当は『笑って』いたのではないかもしれないけど。

「私は嫌なら逃げろと言ったんだぞ。逃げないのなら、ささやかな抵抗は焦《じ》らしてるのと一緒だ」

「俺は…」

立ち上がりたい。

彼を突き飛ばして、走りだしたい。

その意思はある。

ただ、俺の気持ちより彼の腕力が勝ってるだけだ。

「やめ…」

股間《こかん》に触れてくる彼の手を、俺は払えなかった。

軽く握られるだけで、押し戻すためにその胸に添えていた手でシャツを握り締めた。

「う…」

再び彼が自分の上に覆いかぶさり、胸に顔を埋め、舌を使う。

普段、晒して歩いても意識などしない小さな突起に舌が絡まると、ゾクゾクとした快感を感じてしまう。

「あ…」

気持ちいい、と思ってはいけないのに。

感じてしまえば笑われるとわかっているのに。

上手く抵抗ができない。

「どうした？　このままだと何をされるかわからないぞ」

こんなに酷いことをしているのに、まだ彼は俺を逃がしてやりたいかのようなセリフを口にする。

もし本当にそう思ってくれているなら、どいてくれれば済むだけなのに。

ズボンは簡単に脱がされた。

冷たい長い指は、直接俺の股間に触れた。

そこだけが妙に優しくて、こうすればこうなるだろうとわかってるふうな触れ方をする。

息なんか、簡単に上がってしまった。

吐息は切れ切れになり、酔いが更に回ってしまう。

横たわっているベッドに、ずぶずぶと身体が沈んでゆくような気がする。

深く沈殿しながら、感覚は逆に解放され、与えられる刺激に反応する。

「ん…っ」

気持ちいい。

彼が与えるものが、俺を微睡《まどろ》むような朦朧《もうろう》感に追い込んでゆく。

「あ…」

胸を吸い上げていた唇が腹を滑り、下へ降りる。

指が堅くした場所を、口が含む。

「…っん」

目を閉じると、もう相手が誰でもいいような気さえした。

その愛撫があまりにも丁寧《ていねい》で優しかったから、自分が恐怖を覚えていた人間だとか、いけすかない男だとかいうことさえ忘れてしまいそうだ。

俺を悦ばせるためにしてくれていることのようで。愛されて、抱かれている。そんな錯覚を起こさせる。

俺は、…こんなに淫乱《いんらん》な男だったんだろうか？

相手が誰でも気持ちよければいいと思うような人間だったんだろうか？

違う。

そんなことあるわけがない。

「やめて…くださ…」

だから、抵抗を口にしたのに。

彼はそれを無視した。

止めてくれるどころか、俺の急所に軽く歯を当て、言葉を奪った。

「あ…」

憎んでるから、こんなことをするんだろう。

俺が嫌いだから、こんなふうに扱うのだ。

男が男を抱くなんて、ありえるわけがない。まして彼と自分の間には、何の関係もない。

言われたことを守らず、勉強をサボリ、酔って悪態をついたから、怒ってしまったんだ。

なのに愛撫だけが優しいのも、意地が悪い。もっと酷くしてくれれば、嫌悪を感じることも、逃げ出すこともできるのに。気持ちいいばかりだから、溺れてしまう。

腰に触れる手。

脚を撫でる指。

俺を煽《あお》る舌。

その全てが、優しいが故に拒絶しているように感じる。

「や…」

だって、彼は俺に触れるばかりで、俺に何かをしろとは迫らない。

こんな女と違う骨ばった身体など、味わったって楽しくもないだろうに、俺だけを気持ちよくしてる。

それはこんなに簡単に応えるほどのバカだという証明をしてみせているだけなのだ。

わかっているのに、身体の自由が利かなかった。

胸の奥をじりじりと焦《こ》がすようなもどかしさが生まれても、俺はただ快感を享受することだけしかしなくてよかった。

「由比」

意識を確かめるように呼ばれた名前に返事もしないで、すぐに訪れるであろう絶頂に耐えることで必死だった。

きっとここでイかされてしまえば、明日からバカにされる。

淫乱で頭の弱いガキだと言われる。

だからそこだけは耐えなければならなかったのに…。

「い…っ、ん…っ」

手が俺を包み、舌先が先端を何度か嘗め、吸い上げる。

それだけで、俺は声を上げた。

「あ…っ、だ…、イク…ッ！」

掴んだ彼のシャツの感覚だけを手のひらに残し、喘《あえ》ぎながらその口に射精した。

「や…」

みっともない、と羞恥《しゅうち》にまみれながら。

逃げるように意識を手放して…。


目を覚ますと、自分のベッドで寝ていた。

むっくりと起き上がっても、どこも痛いところはない。

いや、少し頭が痛いけれど、これはきっと飲み過ぎたせいだろう。

酒は弱い方ではないのに、どうしてこんなにだるいんだろう。

そう考えて瞬時に昨夜の出来事を思い出した。


「…ッ」


夢？

現実？


かけられていた布団を跳ね上げて身体を見回す。

服はパジャマに着替えさせられていて、乱れた様子はない。

ボタンを外し、身体を見るが、何かの凶行の痕《あと》も残ってはいない。

大津さんにいいようにイカされたのは、やっぱり夢だったのか？

そう…だよな。

あの人が俺を抱くはずなんてないし、俺があんなに簡単に男で感じるわけがない。

きっと昨夜利き酒をしてる間に自分は眠りこけてしまったのだ。

ほら、途中で電話がかかってきて彼が席を外したじゃないか。

あの時、待っている間に飲み過ぎて酔い潰れたのだ。チャンポンなんてやったことがなかったから。

無理やり自分をそう納得させた時、寝室のドアがノックされた。

「誰？」

慌ててパジャマの前を合わせ、大きな声で問い返す。

「誰も何もないだろう。ここにはお前と私しかいないのに」

入っていいなんて言っていないのに、勝手にドアを開けたのは、当然のことながら、大津さんだった。

既にスーツに着替えた彼は昨日までと同じく厳しい顔で俺を睨み付けた。

「ずいぶんと寝坊だな。すぐに着替えろ、何時だと思ってる」

あまりにもいつもと同じなので、俺はやはりあれは夢だったのだと確信した。

「…すいません。昨夜は酔っ払って…」

夢ならば、寝過ごしたことくらいは謝ろうと思った。

ものを教えてもらっている最中に潰れるなんて失礼だったとも思ったから。ついでに、あんな夢を見たことも。

だが、彼は頭を下げた俺を見て、タメ息をついた。

「酔ったことしか覚えてないのか」

「え…？」

「逃げられなくて、私にいいようにされたことは覚えていないのか。随分と都合のいい頭だな」

吐き捨てるようなそのセリフに、後頭部を殴られたようなショックを受ける。

「な…」

どうしてそんなことを？

昨夜のことは夢でしょう。

いや、もし本当だったとしても、俺がそれに気づいてない顔をしているのに、何故あなたからそれを口にするんだ。

「思い出すように言ってやろうか？　昨夜、お前は酔っ払って私の口で…」

「止めてください…っ！」

信じられない…。

そんなことを本人に向かって言おうとするなんて。

「その様子だと覚えているようだな。それならいい」

「あなたは…！」

「これに懲《こ》りたら、もう二度と抵抗できなくなるまで酒を入れるなんてことはするな。昨夜はフェラチオだけだったが、次に襲って来る相手が突っ込まないとは限らんぞ」

「最低っ！」

その口を止めたくて、俺は思わず近くにあった枕を彼に投げ付けた。

片手でそれを床へはたき落とした大津さんは、更に信じられないことに、そんな一大事をさらりと流したのだ。

「十分で着替えろ。今日は一緒に出る」

「俺はどこにも行きませんよ！」

「私が行くと言ったら行くんだ」

「絶対行きません！　どこに行くって言うんです！」

「会社だ」

「…会社？」

「一人で置いておくとゲーム三昧《ざんまい》なんてバカな時間潰しをするからな。今日はお前がどれだけマシになったか、会社の連中に見せてやりに行くんだ」

その手で、俺の肌を探ったくせに。

「勉強の成果を見せてみろ」

その口で俺を嬲ったくせに。

「急げよ」

どうしてそんな平然とした顔ができる。

本当は好きで抱きたかったなんて言葉は期待してない。でもせめてすまなかったとか、イタズラが過ぎたとか、そんな謝罪の気持ちはないのか。

無情にも閉じられるドア。

胸が痛む。

彼は自分など何とも思っていなかった。

憎まれてるんじゃないかと思ったけれど、そうですらなかった。

「十分で着替えろだって…?」

こんなことで泣くと、まるで優しくしてもらいたかったみたいだ。

「できるかよ…」

昨夜は悪かった、酷いことをした。お前の気持ちも考えずにイタズラが過ぎた。

そんなことをあの大津さんが言うわけはないのに、それを期待していたみたいに思われる。

優しく抱いたあの手に、何か意味があるかと期待していたみたいに。

ただ自分より大人である彼が、セックスに長《た》けていただけで。出来の悪い生徒を戒《いまし》めようとしていただけの行為に、別の意味を見いだしたかったみたいに思えてしまう。

熱くなる目を、手の甲でグイッと拭《ぬぐ》う。

ベッドから降り、床に落ちた枕を拾って、元に場所に戻す。

何とも思われていない人間に、感情を動かされるのは嫌だ。

自分だけがカッコ悪い。

だから、俺も平気な顔をするんだ。

悔しくても、悲しくても、こっちもお前のことなんか何とも思ってない。昨夜のことだって気になんかしていないって顔を。

負けるのは、何より嫌いなんだ。

『…お前は勝ち気過ぎる』

耳の底、タメ息まじりに響く声。

「あ…」

何故こんな時に思い出すのだろう。

「…クソッ」

あの頃、大津さんが俺に向けて言った言葉なんて。

あんな男のこと、考えたくもないと思ったばかりなのに。思い出さなくてもいいようなことを。

まだガキだった俺に、彼は言ったのだ。

勝ち気過ぎると。

出来ない問題は放っておいて次へ行けという彼に、出来ないことを放っておくのは嫌だと答えた俺に笑いながら。

酷い男と思ったから、自分を慰めるために、少しでもいい記憶を掘り起こしてみたかったのか。

ああいう時もあったのだから許してやれと言いたいのか。

けれど今の自分にとって、その思い出はジャマだった。

大津さんは、俺に一度も優しい言葉なんかくれない。微笑みかけてもくれない。

そして俺も、もうそんなことは期待しないのだ。

俺のことなど何とも思っていないような男に、懐かしさなんか覚えたくもないし、もう二度と期待することもしたくなかった。


父さんはワンマン社長だと言われていたけれど、部下に嫌われるタイプではなかった。

どちらかというと、見かけによらず親分肌で、休日には部下が何人も遊びに来るような人だった。

それは社長の機嫌をとるためのものだったのかも知れないけれど、少なくとも家族のような付き合いをしていたのは嘘ではないと、俺は信じていた。

副社長の太田《おおた》さんや、専務の高橋さんは、俺にとっては親戚の伯父さんのようなもので、彼等はいつもウチに来てはにこやかに声をかけてくれていた。

「やあ、由比くん。大きくなったね」

警戒も計算もなく向けられた笑顔。自分の子供にするように頭を撫でる大きな手。

彼等も俺を気に入ってくれてるから、何かあったら頼りにできる人達と、そう思っていた。

顔を洗ってスーツに着替えるのに十五分かかったことを大津さんに怒られ、一緒に車に乗って向かった会社。

俺はそこに行けば、自分の味方が待っているのだと思った。

大津さんには酷い目にあわされたけれど、彼等が『大変だったね』『私達がいるから大丈夫だよ』という言葉がもらえるだろう。

上手くすれば、教育係を大津さんから別の人に変えて欲しいと願い出ることもできるかも、と。

だが、現実は自分の想像とは違っていた。

「お久しぶりです、太田さん」

「これは、大津さん。お待ちしてました」

会社に到着し、通された会議室。

居並ぶ重役達から俺達に向けられた視線は、みな大津さんに集中した。

「無理を言って申し訳なかったが、皆一度坊ちゃんにお会いしたいと言うもので」

「かまいませんよ。由比さんの学生の顔しか見ていなければ、心配にもなるでしょう」

「そうですね。正直言えば。いくらコンサルタントとして有能なあなたのお墨付きがあろうと、納得できない者は多いでしょう」

副社長の太田さん自身が、そう思っているかのような口調で、こちらを見る。

和やかで親しげな笑みを浮かべてくれていた人だった。自分の子供のように、距離を置かず親しげに手を差し伸べてくれていた人だった。なのに今太田さんが、自分に向けるのは探るような、値踏みするような視線だ。

「…ご無沙汰しております、太田さん。この度は父のことでご迷惑をおかけしまして」

教えられた時には、必要ないと思っていた堅苦しい挨拶。

「いえ、とんでもない」

返される愛想笑い。

由比くん、と名を呼んでくれていたのに。

「坊ちゃんも大変でしたね。社長の病院へはもう？」

「ああ、それは私が禁じてます。家族が集まれば、あらぬ疑いを抱かせますから」

「然様《さよう》ですか」

ここにいる誰もが、自分の言葉よりも大津さんの言葉を優先するであろうことを予測させる空気。

そしてそれは予想ではなく、事実なのだろう。

頭を撫で、背を叩いてくれた人などもういない。

俺を『子供のように』見てくれた人も、どこかへ消えた。

俺はバカな子供だった。

ここまできて、やっと気づくなんて。

何者でもない自分ならば、彼等はいい子だと、いい若者だと思ってくれるだろう。あの時向けられた笑顔も親しさも嘘ではなかっただろう。

けれどもう自分はただの子供ではなくなってしまったのだ。

ここにいるのは、自分達の将来を決める次期社長候補の若造が、その地位に相応しいかどうかを見極めたいと思っているだけの人間達なのだ。

「…高橋さん、お久しぶりです。飯田《いいだ》さんも。御園《みその》さんはこうして言葉を交わすのは初めてですね」

俺は悠然と笑うしかなかった。

「これは、私の名前もご存じで？」

「もちろんです。ここにいらっしゃる方々が社にとってどれだけ重要な方かわかってますから、お顔もお名前も、知らないわけがありません」

この短期間に詰め込まれただけのものが、元々自分に備わっていたものだという顔をして。

「会社の書類などご覧になりますか？」

「いいえ、まだ早いでしょう。俺ごときが皆さんの大切な書類を閲覧させていただいても、ユニフォーム・システムやGOPをやっと理解する程度の人間に実数は遠いですよ」

専門用語を厭味のない程度おりまぜて会話をする俺に、感心するようなさざめき。

ひそひそと囁き交わされる言葉。

向けられる好奇の目。

俺は一人だった。

味方など、いやしない。

「ご存じのようですが、一応紹介しましょう。私はいいとして、こちらは…」

会社という組織の中にあって、俺に頼る先はもう何もないのだ。

この立場を降りるまで、ずっと…。

疲れていた。

頭の中でぐるぐるしていた。

整理しようとして、しきれなくて、読み終えた本のあらすじを確認するように我が身を振り返る。

大学生になって、成人式もとうに終えて、俺は自分を大人だと思っていた。

蘇芳《すおう》グループというホテルチェーンのトップに立つ父親を持ってはいても、父の名や金に頼ることなく『相庭由比《あいばゆい》』として生活しているんだと思い込んでいた。

だがそんなのは子供の思い込みだ。

突然俺の教育係と称する大津宗賀《おおつそうが》が現れ、父親が倒れたことと、そのために俺を次期社長として教育すると告げた時から、ゆっくりとだが自分にもそれがわかってきた。

大津さんのマンションに連れ込まれ、そこで軟禁状態のまま朝から晩まで詰め込み教育を受けている時は、ここを出れば、これが終われば、自分には味方がいると思っていた。

こんな扱いを受けてることを可哀想だと思ってくれる人がいて、自分を元の状態に戻してくれると。

父と連絡が取れなくても、父は自分の庇護《ひご》をしてくれる。

母が自分を頼りにする言葉を口にしても、最後には俺のことを考えてくれる。

自分が『助けて』と言えば、手を差し伸べてくれる人がどこにでもいると信じていた。

それこそが、『誰か』を頼りにする子供の考えだというのに。

会社に連れて行かれ、重役達との顔合わせをすると言われた時も、心の中のどこかで、これで保護者ができるという希望があった。

意地悪なばかりの大津さんと違って、子供の頃から自分を可愛《かわい》がってくれていた人達が待っている。きっと『大変だったね』『ゆっくりすればいいんだ』『私達がいるからね』と優しい言葉をかけてもらえるだろうと。

だが実際は違っていた。

重役達は、俺を守ってくれる人などではなかった。

彼等にとって、俺こそが自分達の地位や生活を守ってくれる人かどうかと吟味《ぎんみ》する対象だったのだ。

お前にはトップに立つ実力があるか？　それとも自分達はお前の身代わりを探さなくてはならないのか？　向けられるのはそんな視線ばかり。

それをショックだと感じた時、俺は自分が守られたがっている子供だったのだと痛感した。

そして、もうそれには戻れないことも。

会社から再びマンションへと戻る車の中、大津さんが問いかける。

「疲れたか？」

「…少し」

その言葉に、俺は今日初めて本音を口にした。

「愛想笑いのし過ぎで顔の筋肉が強《こわ》ばってるよ」

皮肉なことだ。

この人を、出会った時から不遜《ふそん》で強引で高飛車で、嫌いだと思っていたのに。教育係というせいもあるだろうが、今となっては彼だけが自分を子供扱いしてくれるただ一人の人なのだから。

彼が自分を半人前扱いしバカにすることの方が、重役達の値踏みするような視線よりもずっとマシだと思ってしまう。

彼だけは、まだ自分を子供扱いしてくれるんだと安堵してしまう。

「俺…、大学に行きたいんですけど」

俺を嫌ってる人なのに。

「大学には行くなと言ってあっただろう」

教育という名の嫌がらせで俺を強姦《ごうかん》できるような男なのに。

「でも行きたいんだ。顔見せもしたし、やることはやってるんだからいいでしょう?」

「息抜きのつもりか?」

「学生が大学へ行くのは当たり前のことでしょう。それに、俺が大学へ顔を見せないと、父さんが病気になったことが疑われるんじゃないですか?」

「相庭社長が倒れたことは、もう知られてはいる。手術のことはまだ公表していないが」

「手術するんですか?」

俺は思わず身体を起こした。

「遠からずそうなるだろうな」

「それなら父さんに会わせてください」

「ダメだ」

「どうして？」

「お前には他にすることがある」

「父が手術するのに息子が会いに行かないなんて、おかしいでしょう」

「大したことはないから、関係ない」

「大津さん」

彼はこちらを振り向きもしなかった。

厳格そうな横顔は俺の言葉など耳に入れる必要もない、という態度だ。

「…せめて、病院の名前ぐらい教えてください よ。知らない方がおかしいでしょう」

「…N大病院だ」

不機嫌そうな声。

そんな当たり前のことさえ、俺に教えたくないってことか。

「俺は何時《いつ》までこんなふうにしてなきゃならないんですか？」

「来月、社の大きなパーティがある。その席に社長の息子として出席させる。それが最終テストだ」

「…来月」

「と言ってもあと二週間程度のことだ」

「でも、長いですよ。その間ずっと俺は一人なんでしょう?」

「私がいる」

その言葉に、俺は顔を上げた。

多分、教育係として同居しているという意味だったのだろうけれど、孤独を強く感じていたせいだろう。まるで彼が一生自分を支えてやると言ってくれてるように聞こえた。

「…一度顔を出すくらいなら、大学へ行ってもいいだろう。その代わり余計なことは喋《しゃべ》らないように。それと、講義が終わったら真っすぐ戻ってくるんだぞ」

「大津さんって、ウチの社員じゃないんでしょう?」

「今はな」

「なのに俺の世話係を引き受けたんだ」

「…社長にはお世話になったから。当然だ。それに…」

「それに?」

「お前のような子供、他の人間には手に負えないからな」

この人は優しくはない。

でも、今の自分は弱ってるから、その言葉の中にすら、優しい響きを感じた。

俺だから、この仕事を引き受けたのだと言ってくれたみたいに。

「大津さんのこと、俺、嫌いじゃないかも」

その言葉に返事はなかった。

だろうな。俺がこの人を好きだろうと、嫌いだろうと、関係ないのだ。

だからバック・ミラーに映った顔が照れたように口を曲げたのも、きっと気のせいだろう。

「着いたぞ、降りろ」

と言い捨てる言葉はいつも通り、素っ気ないものだったから。


自分が何も知らない甘ちゃんで、立場というものが他人の目を変えてしまうのだと更に思い知らされたのは、翌日の午後、念願の大学へ向かってからのことだった。

友人達との溜《た》まり場になっていた学食のカフェ。一番奥まった窓際の大きなテーブルへ向かうと、渋谷《しぶや》と松坂《まつざか》と高島《たかしま》の三人がノートを広げ、何かを話し合っていた。

「よ、久しぶり」

先日の松坂からの電話がいつもと変わりない様子だったので、今日も同じようにみんなが自分に微笑《ほほえ》みかけてくれるものだと思っていた。

自分を子供扱いしてくれたり、優しく保護はしてくれないだろうが、それでも変わりない態度で接してくれると。

だがそうではなかった。

「何？　会社説明会のパンフ？」

広げられたノートの横に積んであるパンフレットに伸ばした俺の手が、パンッと叩かれる。

「何しに来たんだよ」

と言ったのは渋谷だった。

「何って…」

「俺達は真面目に就職活動してるんだ。遊び半分で近づくな」

「何だよ、それ」

あまりの態度に怒って睨みつけると、反対に睨み返された。

「お前はもう御立派な就職先が決まってるんだろう？　わざわざこんなとこ来ないで、今からせっせと父親の会社で研修でもしたらどうだ？」

「渋谷…」

知っている？

どうして？

「…就職先なんて決まってないよ。何言ってんだよ」

言い訳じゃなく、本心で答えたのに、彼はふいっと機嫌悪そうに視線を逸《そ》らした。

隣に座る高島も同じだ。

「相庭、俺達もう知ってるんだ。笹川《ささがわ》がお前んとこの取引先の社員の息子でさ。跡取り息子が大学出たらすぐに社長の下に入るって、あいつの父親が驚いてたらしい」

笹川は同じゼミのヤツだが、さほど自分とは面識のない級友だった。

「俺は…」

「エリートコースまっしぐらなんだろ。今まで就活がどうの、説明会がどうのって、俺達に話を合わせてくださってたワケだ」

「違う、俺は…」

「何が違うんだ？　お前は蘇芳グループの跡取り息子なんだろ？」

親の七光りなんか利用したくない、自分の家が金持ちでも、自分は自分だ。そう思って特に友人達にそのことをひけらかしたりしなかった。

けれどそれが裏目に出た。

「確かに、親父は社長だけど、俺は普通の学生だ」

「じゃ、お前は卒業したらどうするんだ？　親父さんの会社に入らないのか？」

挑むような渋谷の口調。

父親が倒れる前ならば、『当たり前だ』と答えただろう。

いつかは考えるかも知れないが、仕事は親のツテで決めるもんじゃない。血縁だからってすぐに上に入れるわけがないだろう、と。

それがカッコイイと思っていたし、当たり前のことだと本当に思っていたから。

けれど今、そのセリフを口にすれば、それは遠からず嘘になる。

「ハン、やっぱりな。お前は俺達が地道に歩き回ってるのを、面白《おもしろ》おかしく見てたってワケだ」

「違う」

「そうだろう？　その気もないのに一緒に貼《は》り紙見たり、先輩の話を聞いたり。面白半分でなきゃ何だったんだ？」

真剣だった。本気で就職活動をしてるつもりだった。

「バカにするのも大概にしろよ」

けれどそれを否定することができない。

「まあまあ、渋谷も、高島も、それくらいにしとけよ。こいつだって何か事情があって黙ってたのかも知れないしさ」

松坂だけが、とりなしてくれたけれど、渋谷の不満はそんなことでは治まらなかった。

「俺達には一生のことなんだ。お坊ちゃまにお遊び気分で割り込まれちゃ困る」

「渋谷」

「そうだろう、松坂。俺達は人生のイス取りゲームの最中なんだ。他所《よそ》に豪華なソファを持ってるヤツにしゃしゃり出られて、自分の席がなくなるのは困る」

「…俺も、残念だけど友人に隠し事をするような人間とは、暫《しばら》く同席したくないな」

「二人共、いい加減にしろよ。相庭の話も聞かないで」

悲しかったり、怒ったりした時はどうしろって言われたっけ…。

これからのお前の一挙手一投足は常に評価される対象だと思え。だからどんな時でも感情を露《あらわ》にするな、敵は作るなって、大津さんに言われていた。

自分の気持ちのままを表に出してぶつけるのは子供のすることで、もうお前は子供ではないのだと。

「…そうか」

だから、悲しかったり、怒ったりした時には、まず笑えと教えられた。

「意図してしたことじゃないんだ。俺も本気でみんなと一緒にどこか別の会社に勤める気でいたんだよ。ただ、結果的にこうなったのは俺も悪かった」

そう。まず相手の気持ちを治めるために、プライドと立場が傷付かない程度の謝罪をするのだった。

「今、二人に何を言っても聞いてもらえそうにないから、説明はまた今度にするよ」

それから、こちらは怒っていないと伝えるために、穏やかに微笑み、席を外す。

「すまなかった」

覚えたくない、教えてもらったって関係ないと思っていた社交術が、こんなところで役に立つ。

「相庭」

「庇《かば》ってくれてありがとう、松坂。でも俺はここにいちゃいけないみたいだから、今日のところは帰るよ」

「…俺も付き合うよ」

「松坂」

「今までお前が俺達のことをバカにして付き合ってたなんて思えないからな。二人だって、今はちょっと頭に血が上ってるだけさ」

「俺達は…！」

松坂は俺より先に立ち上がり、俺の腕を取った。

「行こうぜ」

「…ああ」

ここに戻って来たかった。

友人達と同等に語り合い、大変なことになっちゃってさと愚痴《ぐち》も零《こぼ》したかった。

けれどもうそれはできないのだ。

「どっかで美味《うま》いもんでも食おうぜ。お前、昼飯食ったか？」

「軽く」

「じゃ、カフェにでも行くか」

俺が跡取りに名を連ねたことは外部に漏《も》れていないはずなのにそれが知られていたことで、彼等の口が、自分が思っているよりも軽いことも知った。

社長という立場がどれほどの重責を担うか、自分よりも年かさの人間達に期待と依存の目を向けられることがどれほど辛いかわからない人間に、同情などしてもらえないこともわかった。

それがどんなに寂しくても、もう自分は『寂しい』『どうしてわかってくれない』と口にしてもいけないのだ。

「気にすんなよ。あいつらも今カリカリしてる時期だからさ」

「わかってる。俺が考えなしだったよ」

だってそんなことを一度でも口にしたら、どこまでも泣き言を繰り返してしまうのはわかっていた。

そしてそんなことをすれば、会社のことも何もかもを話して、みんなに迷惑をかけることも。

「お前、今まで親のこととかあんまり話さなかったじゃん。就職のことだって、俺は結構真面目に取り組んでたと思ってたんだぜ。何か特別な事情でもできたの？」

会社に連れて行かれなければ、大津さんのお小言しか聞いていなければ、こんな危機感は持たなかった。

「まあ、家庭の事情さ」

でも自分の肩に乗ってるものの重みを知らされたから、俺は友人にさえ笑ってごまかすことしかできなかった。

大津さんが俺に大学へ出てもいいと言ってくれたのは、こうなることがわかっていたからだろう。

みんなに会わせて、俺に現実を知らしめるつもりだったのだ。

そしてまたしても、俺はあの人の思惑通りに動いている。

それしかないから。

その道しか、今の自分には残されていないから…。


何の事情も話せなくても、松坂とぶらぶらするのは気晴らしになった。

大学を出てカフェでコーヒーを飲み、当たり障りのない会話をし、街へ繰り出して買い物をしたり、ゲーセンで遊んだり。

けれどその途中で、『父親の入院中に遊び歩く』と言われることが怖くなって、松坂を自分のマンションへと誘った。

「外で遊び歩くと、また渋谷達の反感を買うからさ」

と言い訳して。

大学の講義がある時間までは、大津さんも俺を探したりしないだろう。

だったら、その時間までは羽を伸ばしたっていいはずだ。

「だったら酒でも買ってこうぜ」

「まだ昼間だろ？」

「だからいいんじゃん。俺も就活で煮詰まってたしさ。憂《う》さ晴らしだよ」

そんな友人の言葉に乗って、コンビニで酒を買い、マンションへ持ち込んだ。

大津さんの部屋で、本物の『酒』の味を知ってしまったから、缶入りのチューハイやビールは清涼飲料程度にしか感じない。

それを美味《うま》いと言って飲む友人を見ながら、自分と彼との間に距離があるのを感じる。

俺でさえ、オトナの社会を垣間見ただけで同年代の友人を苦労を知らないと思ってしまうのだから、あの人の目に自分がどう映っていたのか知れるというもの。

きっと、現実の怖さを知らない能天気なガキとしか思えなかっただろう。

「夏休みになったら、どっか旅行でも行きたいよなぁ」

「みんな忙しいだろう」

「まあね。じゃ、卒業旅行はどうだ？　それまでには俺から渋谷達には上手くとりなしておくよ。あいつらだって、本気で怒ってるわけじゃないと思うぜ」

「…そうかな?」

「そうさ」

このマンションの部屋にも、友人達を招いたことは何度かあった。

金持ちでいいな、と言う言葉は聞かされたけれど、それで差別されることはなかった。

だからみんなは変わらないと思っていた。

でもそうじゃないんだ。『親の金』ならば意識しなくても、俺達自身に格差が出ることを知れば、態度は変わるのだ。

きっと、俺が辛いと言っても、みんなそれを真面目には受け取ってくれない。贅沢《ぜいたく》だと言うだけだろう。

事実、俺が他のヤツにそんなことを言われたらきっとそう返す。

将来の心配がないならいいじゃないか。上に行くには責任が付きまとうものだ、と。

その重さを知らないから、簡単に言っただろう。

『同じ歳』というのは、幼稚園の時からほぼ一線に並んで進むものだった。

学力や体力の差はあっても、みんな一緒だと言われ続けてきた。

でもこうなった今はわかる。

みんな一緒なんかじゃないって。

それぞれに違うものなんだって。

そして違いを明確に感じてしまった時、寂しさや羨望《せんぼう》や、様々な感情に取り巻かれるのだということも。

「相庭、ピッチ速くないか？」

「いいんだよ。別にどこに行くわけでもないんだから」

「それもそうだな。みんなが一生懸命に勉強したり働いたりしてる時に自分達だけこうしてられるのって、何か特権じゃねぇ？」

「かもね」

本当のことを言えば、酒を飲んでも楽しくはなかった。

何だか心が空っぽで、自分がするべきことが他にもっとあるような気がして、妙な焦《あせ》りを感じていた。

だからそれを埋《う》めるかのように、余計酒に逃げた。

「俺、前から相庭のことはいいヤツだと思ってたんだぜ」

「何だよ、それ」

「本当さ。だから他のヤツなんか気にすんなよ。俺はずっと友達でいるから」

「…いいヤツだな、松坂」

「そういうわけじゃないけどさ。社長になるんだって色々大変だろう?」

「だろうね。でもまだ俺にはよくわかんないよ」

自分がコントロールできなくなるほどには飲むなと言われていたのに。

そうなった結果、痛い目を見たというのに。

全然俺は懲《こ》りてない。

「今すぐってワケじゃないだろうけど、出来上がった組織に入るってのは大変だと思うぜ。精神的にも辛くなるかもな」

「脅《おど》かすなよ」

「脅かしてるわけじゃないさ。心配してるんだよ。相庭も、楽になれるように色々考えてみたらどうだ?」

「考える?」

「たとえば、自分の言うことを聞くスタッフを揃えるとかさ」

「そんなことできないよ。俺なんかまだまだガキだから」

飲んで、酔い潰れて、床に転がりながら松坂と他愛のない話を繰り返した。

ワザと時間のことを考えずに。

何もかも捨てられればいいのに。会社のことも何もかも、忘れてしまいたい。

父さんが社長を辞めたって、いきなり貧乏になるわけじゃない。いくらかの蓄えはあるだろう。

だったらそれで一からやり直したっていいじゃないか。俺は望んで社長になると手を上げたわけじゃないんだから。

なんて考えすら頭を過《よぎ》った。

「あれ？　相庭。誰か来たぞ？」

「何？」

「チャイムが鳴ってる」

つけっ放しだったテレビのボリュームを落とすと、確かにチャイムの音が聞こえた。

「何だろ。宅配便かな？」

酔っ払った足取りのまま、ふらふらと玄関へ向かい、ドアを開ける。

「はい、何？」

だが、鍵を開けると、俺がノブに手をかける前に、扉は乱暴に開いた。

「な…！」

驚いてふらつき、壁に手をついてよりかかる。

その俺の頬に、激しい痛みが走った。

「…痛ッ」

「ばか者が」

燃えるような怒りの目が俺に向けられる。

「…大津さん」

そこにいたのは、大津さんだった。

「連絡の一つも寄越さないまま、逃げ出して酒盛りか？　こんなことをするために大学へ行きたいなんて言い出したのか」

なんで、なんて言わない。

彼の背後でゆっくりと閉じるドアの向こうはもう真っ暗だったから。

俺は半分意図的に、半分はすっかり忘れて、彼との約束を破っていたのだ。

「相庭？　どうした？」

間抜けな声で奥から出て来た松坂に、大津さんの視線が向けられる。

「その人誰？」

痺れるような痛み。

「私は彼の父親の友人だが、君は？」

自分に向けられてるわけではないのに、俺を拒絶するように聞こえる彼の低い声。

「相庭の大学の友人です…」

松坂も初対面だというのに、彼の気迫に気圧《けお》されたようにぺこりと頭を下げる。

「すまないが、彼に用事があってね。君はもう帰りなさい」

「あのでも…」

「もう随分楽しんだだろう。特に用事がないのなら、戻りなさい」

「…あ。はい」

背の高い大津さんに上から睨みつけられ、松坂はそそくさと俺の横を抜けた。

「じゃ、また連絡するな。相庭」

わかっていたことだ。

誰も俺のためになんか残ってくれない。

誰も俺を守ってなんかくれない。

だからあんなに俺を慰めてくれていた松坂でさえ、気まずそうに一度だけ振り向き、さっさと帰ってしまった。

「お前には学習能力がないのか」

手が顎を取り、顔を向かせる。

「潰れるほど酒を飲むなと言ったのを忘れたのか」

そんなの、覚えていた。

「いいだろ、別に。俺が自分の部屋で酔っ払ったからって、何が変わるわけじゃないんだし。人前で恥をかくわけでもないんだから」

「由比」

「殴るなよ！　俺は殴られるようなことなんかしてない！」

彼の右手が上がるから、顔を庇うようにしてこちらから怒鳴りつけた。

そうだ。俺は悪いことなんかしていない。

今日までちゃんと言う通りにしてきた。

何にも知らない子供なのに、精一杯努力をしてきたんだ。

なのに息抜きひとつ許されず、一方的に叱《しか》られるなんて酷い。

「俺は…、社長になりたいなんて一度も言ったことないんだ」

大津さんには嫌われているから。この人に気に入られたいなんて思ってないから、俺は溜まっていたものを全て吐き出した。

「そっちが勝手に決めたんじゃないか！」

酔っていたせいもあっただろうが、ストレスはもう限界だった。

「俺は父さんの地位を利用したこともないし、金だって必要最低限しか使わなかった。親の金をアテにして遊び歩くようなバカな真似だってしなかった。なのに突然跡取りだからあれをしろ、これはするなって言われて…。そっちの都合ばっかりで俺の気持ちなんか誰も考えてくれないじゃないか！」

ほら、やっぱりそうだ。

一度泣き言を口にしてしまったら止まらなくなってしまう。

「俺はまだ学生で、やりたいことだっていっぱいあった。社長になんかならなくたって、小さい会社でヒラのサラリーマンからコツコツやったってよかったんだ」

ヒステリックに喚《わめ》いて、喚くと幾らか楽になるから更に大きな声を上げる。

「由比」

「そうだよ。俺が相応の年になるまで、専務でも誰でも、他の人に任せればいいじゃないか。なんで俺なんだよ。みんな俺なんか子供で役に立たないと思ってるんだろう？　だったらさっさと遠ざければいいんだ」

パンッ、とさっきと同じ側の頬《ほほ》が鳴った。

「本気で言ってるのか」

蔑まれるような、憐《あわ》れむような瞳。

「一度手放したものが簡単に戻ってくると思うのか。今お前が跡を継がなければ、全てを失う可能性もあるんだぞ」

「そんなの…」

どうなったっていい。

いきなり明日のメシを食いっぱぐれるわけじゃない。

「お前が座を降りれば無差別の争奪戦だ。社内で派閥争いが起き、モメてる間に外圧で潰れるかもしれない」

「…そんなの、俺のせいじゃない」

わかってる。

全部わかってる。

俺はそれほどバカじゃない。

乗っ取りとか、契約とか、派閥争いとか、そういうもので会社がダメになり、そうなれば働いている人達全てが困ることもわかっているんだ。

だから今まで黙って言いなりになってたんだ。

でも、その全てを担うには俺はまだ弱すぎるってことに、どうして誰も気づいてくれないんだ?

単なるワガママじゃないのに。

「う…」

我慢して、我慢して、頑張ったけれど、一人では立てなかったと言ってるだけなのに。

この人の前で泣き出せばまたバカにされるとわかっていても、涙が零れた。

「ひっ…、う…っ」

手の甲で涙を拭き、しゃくりあげる。

「泣くな」

「…どうせ俺のことなんか、誰も考えてないんだ」

自分でもみっともないと思うけど、止まらなかった。

耳に届く彼のタメ息。

呆れられた。

でも、もうその方がいい。

呆れられて見放された方が楽になれる。

このまま頼る人もなく、友人からも距離をあけられ、それでも人の上に立つ勇気なんか、自分にはないんだ。

「由比」

もう一度名前を呼ばれ、彼が近づく。

またぶたれるのかと身を竦めると、意外にも彼の腕は俺を包み込んだ。

広い、タバコの匂いのする胸。

背中に回った手。

一瞬、彼が自分を慰めてくれるのかと思った。

さすがに彼も自分を憐れんでくれたのかと、子供にするように優しくしてくれるのかと。

それを期待した。

「言いたいことはそれだけか?」

だがそうじゃなかった。

「わ…、何…っ!」

腕はしっかりと俺の身体を抱え、そのままその肩へと担ぎあげたのだ。

「鍵は?」

「お…、降ろせよ!」

「喚くな。鍵をよこせ」

「そんなのポケットに…」

手が俺の尻のポケットを探る。

「これか」

「何するんだよ」

「帰るに決まってる。やることはまだまだあるんだ。真面目に大学へ行くつもりがないなら、戻って仕事を続けるだけだ」

あれだけ泣いたのに。

嫌だと言ったのに。

何にも届いていないのか。やっぱり俺の話なんて聞いてくれないのか。

「やだ、帰らない。俺はもう何にもいらないんだから」

「暴れると落とすぞ」

「大津さん…っ！」

「文句があるなら、やれるだけのことをやってからにしろ。途中で放り出すな」

「だって…！」

「出来ないと思っていればやらせない」

…え？

「見込みがなければとっくにこっちが放り出してる。出来ることを辛いからと言って投げ出すな」

それって、少しは俺自身に期待してくれてるってこと？

俺を信頼してるってこと？

「帰るぞ」

肩に担がれて運ばれるなんて屈辱的なこと許せなかった。

けれど、暴れて、興奮して、酒が余計に回ってしまったのか頭がくらくらしてきたから、もう自分一人で立つことも出来なかった。

思いもかけなかった彼の言葉に安堵感を覚えて、力が抜けた。

「俺だって…、ホントは頑張りたいんだ…」

聞こえなくてもいい。

でも少しだけはわかって欲しい。そう思って…。


大津さんは俺の高校受験の時にほんの少しだけ家庭教師としてやって来た人だった。

その時のことなんか、正直ほとんど覚えていない。

その当時は家庭教師のことなんかより、目の前の受験のことで頭がいっぱいだったから。

でもあの時の言葉を聞いて少しだけ思い出した。

『出来ないと思えばやらせない』

あの時も、同じような言葉を言われた。

ナマイキだった俺が、あなたも父さんに頼まれたからって子供の面倒見させられて大変だねと笑った時だ。

今よりもっとよく笑うあの人は、口元を緩ませて言ったのだ。

「出来ない子供の面倒はみないさ」

それは嬉しい言葉だった。

やらなければならない、と追い詰められていた俺の心を少しだけ軽くした。

父親が連れてきた将来有望な大人が、俺を『出来る子供だ』と認めてくれた。だったら自分も結構イケルんじゃないか？　って。

もちろん、すぐにお世辞なんか言わなくていいとも言ったのだけれど、彼はやっぱり笑ったまま答えた。

「世辞を言われるほど重要な立場じゃないだろう」と。

あの当時も、いやな人だった。自信満々で、人を小ばかにして。

でもカッコイイなとも思っていた。

大人の男ってこんなふうなんだ、と。

ああ、そうだ。

だから自分から言ったんだ。

「認められるとそこで終わりだから、厳しくしていいですよ」って。

子供じみた対抗意識。

彼が大人だと感じれば感じるほど、何だか腹が立って、俺だってバカな子供じゃない、甘やかされたボンボンだと思わないでくれ、と思って。

彼は俺を子供扱いしなかった。

今とは逆だ。

できない子供じゃなくて、対等に扱っていたからこそ厳しくされた。

それが嬉しかった。

受験が終わって、彼が家に来なくなったのは寂しかったけれど、寂しいと自分だけが言うのが嫌で、忘れてしまった。

どうせ相手も忘れてるんだ、こっちだけが覚えていて寂しがるのは不公平だと思って。

あの人は今も変わらない。

俺の前で、俺には手の届かない『大人の男』でいる。

そして俺も変わっていない。あの人の前では、単なる子供でしかない。

あの時は志望校に入学して、成果をあげて見せられたけれど、今回は逃げ出して、酔っ払って、泣き言いって…。変わらないどころかもっと退行してしまった。

悔しい。

俺だって成長した。

まだまだ頑張れる。

誰かが俺を認めてくれれば、大丈夫だって言ってくれれば、俺だってまだまだ…。

でも自分の側には誰もいなかった。

辛いのは勉強じゃなくて孤独だ。

誰にもわかってもらえないことだけが、寂しくて、辛かった。

がむしゃらに走り続けて足を止めた時、何もない場所にたった一人で立っていなければならないのが辛いのだ。

「可哀想に」

と誰かが言ってくれれば。

「…今夜のところはゆっくり眠るといい」

そんな言葉で髪を撫でてくれるだけでいい。

こんなふうに、冷たい指で額に触れてくれるだけで。

そうしたら俺はその手を握って、ゆっくりと休むだろう。
そしてまた走り始められるだろう。
やらなければならないことがわからないわけではないから。
責任を放棄するほど愚かではないから。
ただ、一時だけでもいいから甘やかされたいだけだった。
疲れていたから。
とても、疲れていたから…。

目を覚ますと、頭が痛かった。
それと頬も。
理由はわかってる。二日酔いと、大津さんにぶたれたからだ。
大津さんの肩に担がれ、彼の車に投げ込まれたところまではかろうじて覚えていた。
だがその後は…。
服はシャツとジャージに着替えさせられ、横たわっているのは大津さんのマンションのベッド。枕元には素っ気なく置かれた飲みかけのミネラルウォーター。

何をされたかは推して知るべし、だ。

「正体をなくして介抱された、か…」

さすがに意識のない者をどうこうする気はなかったのだろう。身体にイカガワシイ痕跡《こんせき》はなかった。

「痛…」

左の頬の痛みに手を触れると、少し腫《は》れているような気がした。

「冷やしてくれりゃいいのに…」

のそのそと起き上がって部屋を出ると、リビンクは静かで、人の気配もない。

「大津さん…?」

昨日の醜態《しゅうたい》があるから、てっきり今日は朝からお小言だと思っていたのに。向こうも寝ているのだろうか?

大体からして、今は何時なんだ?

惰性のようにテレビを点けると、朝の情報番組が流れる。

画面の隅に出た表示は、十時近かった。

そのままダイニングへ向かうと、テーブルの上にはメモが置かれていて、この静けさが彼の就寝ではないことが記されていた。

『全てを捨てたらどうなるか、一人で考えるといい。バカな真似をしなければ、今日は自由にしろ』

彼らしい堅い筆跡、彼らしい突き放した言葉。

あの人が、もう少し自分に優しかったらいいのに。

夢の中で感じたように、『可哀想に』と言って髪の一つも撫でてくれたら。

詰め込むように教えるのではなく、側にいてやるからとか、支えてやるからとか言ってくれていたら、きっと自分は彼を頼っただろう。

頼って、信じて、今よりもう少しは頑張れたのに。

「現実は置き去り、か」

冷蔵庫の中には、出来合いのサンドイッチが入っていた。

テレビを見ながらコーヒーを淹《い》れ、それを食べる。

いきなり自由だと言われても、行く先もないのだ。

遊び歩くのは昨日してしまったし、思っていたより楽しいものではなかった。

会社なんて行きたくないし、大学へ行っても昨日と一緒。自宅へ戻ることも考えたが、家には自分を頼りにする母がいる。

母を思わないではないが、今頼られるのは辛い。自分一人のことだってままならないのに。

やっぱり一番辛いのは孤独だな。

いっそ大津さんに叱ってもらった方がよかったのに、こんな時に限っていないんだから。

「そうだ」

俺は指先についたサンドイッチの卵を舐めながら思った。

父親の病院へ行ってみようか？

手術をするとは言っていたけれど、俺が呼ばれないということは大したことではないのだろうし。

今この状況で父さんは唯一頼れる相手だ。

たとえ病床にあっても、父親ならば自分を子供として扱ってくれるだろう。せっつくばかりじゃなく、アラ探しをするのでもなく、純粋に『頑張れ』という言葉をくれるに違いない。

もう大津さんを替えてくれと言い出すつもりはなかった。あの人以外が教師役になっても、もう自分はみっともない姿を見せることはできない。それくらいならまだ、あの人の方がいい。

これ以上評価を下げることなんてないだろうから。

ただ自分は孤独じゃないと、支えてくれる人がいるのだと確認したいだけだ。

そうと決めると、俺は手早く食事を済ませてすぐにシャワーを浴び、服を着替えた。

財布もカードも取り上げられてはいないから、タクシーで行こう。

N大病院なら車で二十分程度で着くだろう。

「見舞いは持って行かなくていいよな」

変装するほどではないけれど、一応伊達《だて》メガネをかけ、髪をムースで固め、俺は病院へ向かった。

一時だけでもいい。

安らぎと慰めを求めて。


都心にあるN大病院は、かつて自分も通ったことのある病院だった。

病気をしたからではない。検診に行っていたのだ。

最近はあまりお世話になってはいないが、建物の構造は覚えていた。

正面玄関から入れば受付と薬局と、外来の待ち合い。

だが一階の裏手に回ると、そこには警備員が立っていて、夜間の受付と見舞い客用の入口になっている。

だから正面でタクシーを降りると、俺は裏手に回った。

「すいません。入院してる相庭の家族の者ですが、病室を知りたいんですけど」

警備室を兼ねている受付に尋ねると、制服を着た警備員はすぐに電話で部屋を聞いてくれた。

だが外部に知られないためなのだろう、教えてもらうには父のフルネームと息子だというセリフも必要だった。

教えられた通り、廊下を進みエレベーターで八階に上がる。

ナースステーションに声をかけるのは面倒だったので、壁に掲げられた案内板で八〇一号室を目指した。

思った通り父の部屋は個室で、しかも特別室だった。

「父さん…?」

どうか来客中でありませんように、と祈りながらノックせずにドアを細目に開ける。

自分にとって父親という存在は憧《あこが》れの対象だった。

いつも身だしなみに気を付けて、背筋を伸ばし、穏やかな笑みを浮かべている人。言葉遣いも態度も優しくて、鷹揚《おうよう》な性格で、それこそ頼り甲斐《がい》のある男だった。

だが、部屋を開けて中へ一歩踏み込んだ俺は、そこに寝ている人を見て一瞬病室を間違えたかと思ってしまった。

艶《つや》のない、どす黒い顔色。

点滴を刺された腕には幾つもの赤い針の痕《あと》があり、頬はこけ、髪に白いものも見える。

ほんの数週間前に会った時には全然変わりなく、元気で、精力的だったのに。

規則正しい吐息《といき》が、父が眠っているだけなのだと教えるが、その呼吸音の大きささえもが不気味だった。

こんなに悪かったなんて…。

俺が会いに行く必要なんかないと何度も繰り返していたのは、大津さんの嘘だったんだ。

本当はこんなにも酷い状態なんじゃないか。

俺は後ろ手にドアを閉め、ベッドの近くまで進んだ。

もしも…、こんな状態を外部の人間に見られたら、きっと誰もが父はもう現場に復帰できないと判断するだろう。

ワンマンだった父を欠いては、会社だって立ちゆかなくなると思われるだろう。

安心できる後継者が必要なのだ、という意味を俺はここへきてようやく理解した。

単に社長の息子が出てくるのではダメなのだ。この父の姿を払拭《ふっしょく》できるほどの人間を見せつける必要があるのだ。

起こさず、このまま帰ろう。

辛くても、もう一度大津さんに教えを乞《こ》おう。

せめて父親が人前に出られる姿になるまで、自分が代理として認められるようにならなければ。

そう思ってそっと踵《きびす》を返した時、ドアをノックする音が響いた。

俺は慌ててドアのすぐ横にある洗面所にカーテンを引いて隠れた。

「失礼します」

姿は見えないが、声ですぐにわかった。来客は大津さんだ。

「相庭社長?」

扉が開く音がして、カーテンのすぐ前を彼が通る足音がする。

「寝てらしたんですか?」

俺には聞かせてくれない優しい声。

「ああ、大津か。ちょっとウトウトしてた」

カーテンを引く音。椅子を引き、腰を下ろす気配。

そっと隙間《すきま》から覗《のぞ》くと、ベッドはカーテンに包まれていて、二人の姿は見えなかった。

ということは向こうからもこちらの姿は見えていないだろう。今のうちに逃げ出した方がいい。

「由比はどうだね？　少しはものになりそうか？」

「そのことで今日はちょっとお話が」

「由比の？　何かあったのか？」

か細い父の声と落ち着いた大津さんの声。

話題になったのが自分のことだったから、つい逃げ出そうとした足が止まる。

「何があったというわけではないのですが、もう一度今回のことを考え直された方がいいのではないか、と…」

「考え直すというと、あれを社長に据えることかね？」

「そうです」

「反対者が出たか？」

「いいえ、今のところは。皆まだ判断を迷っているようです。社長の病状もはっきりさせてませんので」

「私がすぐに復帰するなら、社長の息子にも媚《こ》びておこうというわけか」

苦笑するように父の語尾が震える。

「そんなところでしょう」

「専務達はてっきり私の後釜は君だと思っていたようだからな。由比を推《お》されて、私がすぐに復帰すると思ってるに違いない」

後釜が大津さん…？

そんなの、初めて聞いた。

彼はコンサルタント会社の人間じゃなかったのか？

「断られたのは、今でも残念だと思っているよ」

「私には荷が勝ちすぎると思ったんです。縁故でもありませんしね」

「だが実力はある」

「社長」

「察してくれたんだろう？　私が由比に継がせたがっていたことを。だから、あの子の教育係を引き受けた。お前が後見人になればうるさい連中を黙らせることができるから」

軽い目眩《めまい》がした。

ひょっとして、と思っていたことが事実となって耳に飛び込んで来たから。

自分より絶対的に優秀な大津さんが、父の跡を継ぐのではないか、そのために自分が邪魔で、苛めてるんじゃないかと考えたことはあった。

でも、あの人はそんな素振りも見せず、何も言わなかったから、勘ぐり過ぎかと思ったのだ。

なのに本当にそうだったとは。

「…一度お断りした話を蒸し返すようですが、実は私が社長に就任してもいいかも知れないと思い始めています」

「大津？」

「はっきり申し上げて、由比さんには社長は無理かと…」

胸が痛い。

「無理、かね？」

俺は足音を忍ばせて、カーテンから出た。

「はい」

注意してドアを開け、そのまま廊下へ飛び出した。

扉が締まる音がしてもかまわない。この場から逃げ出したい。

『はっきり申し上げて、由比さんには社長は無理かと…』

頭の中に、大津さんの声が木霊《こだま》する。

無理？

昨日は『出来ないと思っていればやらせない』『見込みがなければとっくにこっちが放り出してる』と言ってくれたのに。今日には見捨ててしまうのか？

俺が酔って辛いと泣いたから、どうなっても構わないと言ったから、もう面倒みきれないと思ったのか。

もう一度やり直したいと願っても、もう遅いのか。

エレベーターを使わず、階段で何階かを駆け降り、途中の踊り場で壁にもたれて足を止めた。

他人を恨んではいけないと思いつつも、恨まずにはいられなかった。

どうして…、どうして最初から全てを話してくれなかったのか。

父親があんなに酷い状況だと知っていれば、自分だって覚悟を決めた。大津さんが後継者の指名を受けていたと知っていれば、彼に譲った。

何も知らされず、ただ追い込むように社長になれと言われ続け、孤独の中に置かれたから、逃げたいと思ってしまっただけだ。

もしもあの人が全部教えてくれていて、一緒にやろうと言ってくれていたなら、俺だってもっと…。

だがもう全てが遅いのだ。

大津さんは俺を見限った。

俺を社長に据える気などないのだ。

俺のような役立たずを推すくらいなら、自分が社長になった方がマシだと言ったのだ。

これで全てが終わりだった。

こんな結果になるくらいなら、最初からあの人が全部持っていけばよかったんだ。なまじ俺の教育なんか始めるから、俺を社長になんて言うから、俺には何も残らない。友人も、優しかったおじさん達も。

「…っクショウ…」

鼻の奥が痛むほど、泣きたくなって、喉《のど》が詰まる。

でも絶対こんなことで泣くわけにはいかなかった。

自分が言ったのだ、酔っていたとしても、自分には関係ないって。なのに奪われたから泣くなんてガキ過ぎる。

何度か深呼吸して胸の痛みをやり過ごすと、俺はゆっくりとまた階段を下った。

行くあてなんてないのに。

街中をふらつく気にはなれなかった。

かと言ってもう酒に逃げる気もしなかった。

家へ戻ることも、大津さんのマンションへ戻ることもできないとなれば行く先は一つしかない。

自分のマンションの部屋だ。

松坂と飲み散らかしたまま出て来たその部屋を片付け、ただ一人ベッドに横になった。

眠りたかったわけじゃない。

本当に何もする気になれなかったからだ。

午後になると、松坂からの電話が入ったが、その相手をするのも億劫《おっくう》だった。

彼が口にしたのは昨日俺を置いて帰ってしまってすまなかったというセリフと、あの時乱入して来たのは誰かという質問。

俺は適当に答えながら、一つだけ渋谷達に伝えてもらいたいと言った。

「俺は社長になんかならないよ。他の人がなるって決まってるんだ」

それが誰だかは言えないが、学生の自分がそんな重責を任されるわけがないだろうと、乾いた笑いを交えて伝えた。

それに対する松坂の答えは、ある意味意外で、ある意味当然のものだった。

『ヤケになるなよ。お前が社長の息子なんだからさ、絶対跡を継ぐべきだよ』

「俺にはそんな能力はないよ」

『そんなことないって。お前ならできるよ』

優しかったわけじゃない。

気遣ってくれているわけでもない。

彼の言葉の向こう側にあるのは、もっと利己的な願いだったのだ。

『心細いならさ、この間も言ったけど自分のブレーンを揃えればいいじゃないか。渋谷達とかも誘われればすぐに来るぜ。俺だって、蘇芳グループに入社できるなら、一番に駆けつけるよ』

「松坂…?」

『ホントさ。そりゃ、幾つかの会社は回ってるけど、お前んとこなら安泰だし』

「ウチに…、入りたいのか?」

『どうしてもってわけじゃないけれど、お前には味方が必要だろう? 今ならまだ俺も内定もらってないし』

言葉では、俺のためと繰り返してはいるけれど、意図しているのが別のものだというのはすぐにわかった。

渋谷達が俺を責めた時に俺を庇ってくれたのも、側にいてくれたのも、俺が『蘇芳グループのトップに立つかも知れない者』だからだったのだ。

立場のある者に従って、自分の利益を得ようとしているだけなのだ。

「俺は見込みがないから、社長にはなれないんだ。人事の権限もないし、これから地道に自分の就職先探さなきゃならないんだ。いいところがあったら、こっちが紹介してもらいたいくらいだよ」

と言うと、彼は一瞬口籠《くちご》もった。

『まあ学生課に行けば、幾らでもあるぜ。相庭は俺と性格も違うし、俺が選んだところは合わないんじゃないかな』

それが松坂の答えだった。

「ん…、そうだな。自分で探してみるよ」

『そうしろよ。それじゃ、またな』

あっさりと切られた電話。

空《むな》しさに力が抜ける。

みんな、自分のことばかりだ。

渋谷達は俺を羨《うらや》み、松坂は俺から利益を引き出そうとし、会社の重役達は俺が自分の立場を守ってくれる者がどうかを吟味した。

生活してゆくためには当然のことなのかも知れないが、みんな己の保身ばかり。

「…考えてみると、大津さんだけか…」

あの人だけが、俺のことを考えていてくれたのかも知れない。いや、俺じゃなく、俺の父親と会社のことを、かも知れないが。

病院で父さんとの会話を漏れ聞いた時には、社長になりたかったあの人が、俺を苛めていたんだと思ったが、よくよく考えると、社長の後釜の話は、俺より先にあの人の方へ行ったはずだ。

そのまま『イエス』と言っていれば、彼は全てを手にしただろう。なのにそれを断って俺の教育係なんか引き受けた。

それは彼が見返りなく『俺』という人間を見てくれた、ということじゃないだろうか？

ということは今までの厳しさは苛めなんかじゃなく、本気で俺を何とかしようと思ってくれていたのでは？

父親があんな状態だから、そのことが明るみに出る前に、俺を一人前に仕立て上げたかった。それが明日か、明後日《あさって》か、復帰するまでバレないかわからないから、あんな詰め込み方をしていたんじゃないだろうか。

自分の仕事だってあるのに、父さんの願いを察して、こんな面倒な役回りを買って出てくれたのでは…。

いつかは俺が会社を継ぐだろう。その時まで他人に預けたままぬくぬくとやりたいようにやらせるのと、どんなに苦しくても今一番大変な時に最高の形で送り出すのと、どちらが本当の『優しさ』なのか。厳しくする方が本物の優しさではないだろうか。

そして彼の一連の行動は、その優しさからきたものだったとしたら?

…だとしたら俺は本物のバカだ。

彼だけが、俺から何も得ようとしなかった。無償で俺の世話を引き受けてくれていた。

彼だけが俺を子供扱いして、俺が持っていないものを出せと迫らなかった。

大津さんだけが、ちゃんと俺のことを見ていてくれたのだ。

なのに俺はあの人を嫌って、あの人の期待を裏切ってしまった。その結果、彼は俺の手を放してしまった…。

胸が締め付けられるような後悔。

頭に浮かぶ彼の横顔に切なくなる。

「…違う。俺が悪いんじゃない」

この期に及んでそう呟くことが愚かだとわかっているのに、言わずにはいられなかった。

だって、それを認めてしまったらあまりにも俺が惨めじゃないか。

一人何も知らなくて。

一人喚いて。

一人置き去りにされたまま何もかも失くしてしまうなんて。

そしてたった一人の味方も、知らぬ間に失ってしまったなんて。

「あの人が悪い…」

彼ならば、その理不尽《りふじん》な責めも受け入れてくれるような気がして、繰り返した。

言ってること自体が、惨めなことだと気づいていながら…。


電気も点けない部屋で、いつまでもごろごろしていたから、いつの間にか眠っていた。

空腹を感じたから買い置きのカップ麺を食べて、またベッドに横になり、またうだうだと考えた。

明日からどうしようかと。

大津さんは俺を解放してくれるだろう。

これから忙しくなるのはあの人だけのはずだから。

もうあの人は俺の面倒を見ている余裕なんかない。

大学へ行っても、もう友人を友人と思えない。

何も持っていないから捨てられるのではなく、何かを持っているから排除されるっていうのも変な話だけれど、そうなってしまったから。

就職も考えなくては。

まだまだ時間的には間に合うけれど、いいところはほとんど青田買いが済んでしまった頃だろう。

ほんの数年前までは学生が走り回って仕事を探していたのに、今は夏休み前には企業が走り回って優秀な人材を集めている。

裏を返せば、夏休みに入った頃にはそれなりの就職先しか残っていないということだ。

もう社長にはならないけれど、やっぱり父親と同じ仕事をしたかった。

大津さんに教えてもらったことも生かしたかったし。

そんなことを考えていると、また瞼《まぶた》が重くなり少し眠る。

夢を見たような気もしたけれど、物音がして目を開けた時には全て忘れていた。

いい夢だったか、悪い夢だったかすらも。

「由比」

目覚めたと自覚したのに、名前を呼ばれてるのは夢の続きだろうと思った。

この部屋の鍵を持っているのは自分と管理人と母親だけで、友人も大津さんも合鍵は持っていない。

俺が大津さんのところに行っていると思っている母親がここを訪ねるはずもなく、ましてや管理人がいきなり侵入してくるはずもないから。

「ん…、何…?」

僅《わず》かな光を背にして、薄暗がりに人の影。

枕元に近づき、その指が俺の髪に触れる。

その感触でやっとそれが現実なのだとわかった。

「誰…?」

ドキリとして身体が固まる。

「またここに来ていたのか」

大津さん…？

しっかりと目を開けて闇に目を凝らす。

「ふらふら出歩かなかっただけいいが、逃げ帰るのも大概にしろ」

人影はすぐに実体を持ち、その顔がはっきりとわかるようになる。

笑ってはいない。けれど怒ってもいない顔。

手を伸ばしてスタンドのスイッチを捻《ひね》ると、オレンジ色の明かりの中に大津さんの顔が浮かぶ。

どうしてだか、手が届くところに彼がいるということだけで胸に安堵感が広がる。

「子供じゃないんだから、何度も迎えに来させるな」

「どうしてここの鍵を…。昨日は持ってなかったのに」

手品のタネってものは案外あっさりとしたものだ。

「奥様から預かった。お前がここに立てこもると困るからな」

ああ、なるほどって感じ。

「立てこもったりしないよ」

「だがまた戻って来なかっただろう」

「寝てただけです」

「何時から？」

「夕方くらい…」

「もう夜の十時だぞ？」

「嘘」

「見てみろ」

腕が伸びてそこにはめられた時計を示される。

堅いデザインのそれは確かに十時を回っていた。

こんなに遅くまでいるつもりじゃなかったのに。

「ごめんなさい。軽率でした」

素直にそう言うと、彼は意外、というような顔を見せた。

「一日休んだら、少しはすっきりしたか？」

聞かれて俺は首を横に振った。

「すっきりしたんじゃなくて、少しものが見えるようになっただけです。自分が、途方もないバカだったなあって」

「…足りないところはあるが、言うほどバカじゃないさ」

「バカですよ。自分の立場も周囲の状況も、全然わかってなかった」

「何かあったのか?」

屈《かが》み込んでいただけの彼が、床に腰を下ろす。

リビングに続くドアの隙間と、枕元のスタンドだけの明かりの中、その顔が穏やかで優しく見える。

俺のことを心配してくれてるみたいに。

「…俺は自分を知らなさ過ぎた」

今日一日考えていたことを、口にする。

「いきなり息子だから跡を継げと、跡継ぎだからものを覚えろと言われて嫌だった」

この足りない頭で、一日中考えていたのだ。もう遅いけれど。

「大津さんが一方的に詰め込むことを、あなたが俺にしたことの全てを、嫌悪して、受け入れたくなかった」

ああ、そうだ。この人は俺を強姦したんだっけ。

忘れてしまいたいことだけれど、それだけは今も意味がわからないから、表層に浮かび上がってくる。

もうその理由なんて聞けないけど。

「あなたのことが大嫌いだと言った」

彼の肩がわずかに震えたような気がしたけれど、きっと震えたのは自分の方だったのだろう。意識していないと、声すらも震えてしまいそうだから。

「でもそれが決定的な間違いだってことだけは気が付いた」

ベッドの上に座り、彼を少し見下ろすようにして、とつとつと語る。

「会社の重役は俺を守ってくれる人じゃなくて、俺に守られたがってる大人で。大学の友人は利害が絡むと俺に親切ではなくなる。きっとこの先、父親が倒れたことがみんなに知れると、会社関係の人間や、マスコミなんかもいっぱい現れて、俺はきっと格好の標的になってしまうんだ」

「由比」

「だから、大津さんは俺に厳しくしたんでしょう？　そういう連中が俺に群がる前に、俺を強くしようとしてくれたんでしょう？」

手が、拳を握っていた俺の手に触れる。

「でも…」

いけない、と思ったけれど言葉が零れ出てしまう。

「でも、そういうのはちゃんと言って欲しかった。もっと早くに全部教えて欲しかった」

昨日は八つ当たりだった。でも今は自分の幼くて脆《もろ》いプライドを守るために、彼を責め

てしまう。

「どうせ説明してもわかんないとか、先に言ったら後込《しりご》みするとか思ってたのかも知れないけど、言ってくれれば俺だってもっと違った反応をしてた。わかんないから、押さえ付けられるのが嫌で逃げ出して、誰かが助けてくれると思ってそうじゃないことに傷付いたんだ。あなたが何もしてくれないから、俺はこんなふうになったんだ…！」

この言葉が誤りであることを自覚しながら、彼を責める。

「社長になんかなりたいわけじゃない。でもなりたくないわけでもない。父さんがそれを望むなら、みんながそれを願うなら、誰かが側で支えてくれるなら、俺だって覚悟ができた。でもあなたが、何も言ってくれなかったから、俺は道を間違えた。人生の選択は学校の勉強とは違う。高校受験のための丸暗記みたいに生きることを教えようとしたあなたが悪い。受験は一時だけど、仕事は一生だ。何時までも終わらないことに立ち向かわせる覚悟を教えてくれなかった大津さんが悪いんだ」

声の震えはもう隠せなかった。

俯《うつむ》いた頬を濡らす涙が、パタパタと膝に落ちてゆく。

悲しいからでも、悔しいからでもない。この涙は自分の愚かしさが惨めで零れてくるものだ。

「由比」

「あなたが社長になるはずだったなら、そうすればよかったんだ」

「…そんなこと、誰から聞いた」

「そうすれば俺は時間をかけて前に進むことができたのに。俺が全部失ってしまうバカになったのは、みんな、みんな、大津さんのせいなんだ…！」

切ないほどの間違いを、気づかない彼ではないだろう。

いわれのない咎《とが》めだと思わないわけもないだろう。

なのに彼は泣き出した俺を抱き締めた。

昨日のように担ぎあげるためなんかじゃなく、本当に優しく、本当の抱擁《ほうよう》をくれた。

「私が悪かった」

それは間違いなのに。悪いのは俺なのに。

「お前の言う通りだ」

今更見せる優しさが俺を傷付けることも知らずに。

「だからもう泣かなくていい」

どうして、この時この人にしがみついてしまったのだろう。

彼がたった一人の味方で、明日になればそれすらも失うと思っていたからか。彼だけが自分を見ていてくれたのだと気づいたからか。いつになく彼が優しかったからか。

それとも、もっと別の感情が生まれたからなのか…。

わからないけれど、俺は力いっぱい彼にしがみついた。

「俺を捨てないで…」

彼を悪者に仕立て上げたその口で、懇願《こんがん》した。

「せめて今夜だけでも側に…」

その言葉に応えて、彼が何をするのか予感しながら…。


酒についての講義を受けてる間に飲み過ぎて酔い潰れたことを怒られて、自由が利《き》かなくなれば誰に何をされても文句は言えないのだと力で抱かれた。

酔いと恐怖と驚きで抵抗できなくて、長い指に思うまま翻弄《ほんろう》された。

そのことを屈辱だと思ったし、酷いことだと憤《いきどお》った。

なのにどうして、俺は今この人がベッドに上がってくるのを許すのか。

もう大津さんを怖いなんて思っていないし、酒だって一滴も入っていないのに。

それを拒むどころか、彼が自分を求めてくれることを不思議に思いながらも、嬉しいと感じるのか。

彼が髪に、頬に、口付けてくれるのを優しいと思うのか。

いや、実際彼は優しかった。

この間の夜とは全然違う。

乱暴に服を剥《は》ぐなんてことはせず、服の上から大切なものを磨くようにそっと身体に触れて来た。

「私がお前を捨てることはない」

囁く声も静かで、甘い。

受け取る自分の気持ちが変わったからか、彼が変わったのか。

今まで一緒に生活して来た時の傲慢《ごうまん》さなど微塵《みじん》も感じない。

まるで俺を包むような温かさに心が緩む。

「お前が全てを失うことはない」

言い聞かせるような言葉を、耳に入った瞬間から信じてしまう。

もう何も戻ってこないのに、彼が言うなら、この手の中に何かが残っているのかも知れないと。

「あなたが…、社長になるんだ」

そうなればもう会うことはないだろうと思うと、離れないでと指に力を込めてしまう。

「だから、俺なんかもういらないんでしょう…？」

「お前は社長になりたかったのか？」

「そうじゃない。ただ…」

「ただ？」

「自分にできることをちゃんとやりたかった。やらなきゃいけないことだったんだから…」

最初から大津さんはそう言っていたのに、反発して真面目に聞いていなかった。

それを反省している。

もう遅いのに。

何もかも、もう遅い。

この人が優しくて温かかったことを今更知っても、もう明日からは手も届かない。

それが勝手な思い込みじゃないことを、彼自身が口にした。

「明日になったら、お前は相庭の家に戻りなさい」

ほらやっぱり。

「詰め込みの勉強はもう終わりだ」

止まりかけた涙がまた溢れる。

これで本当に一人になるのだと。

「大津さん…」

唇が再び重なる。

今度は軽くではなく、深く。

恋人にするように熱く。

泣いている子供を慰めるには十分過ぎるほどの触れ合い。

「あ…」

首筋に彼の顔が埋まり、鼻先をタバコの匂いが掠める。

これが最後だと思うと、拒めなかった。

明日から一人だと思うと、与えられる熱から離れ難かった。

この時間が何のためなのか、聞くことはできなかった。

憐れみだとすれば余計に惨めになるから。

手が、服をたくしあげ露になった肌に置かれる。

強引に貪ったあの夜と違って、一つの動作をする度に手が止まるのは、こちらの反応を確認しているかのようだった。

このままでいいのか、それとも止めて欲しいのかと聞いているようだった。

けれどそれも俺が何も言わずにいると、躊躇することを止めた。

人が人に触れることの意味を、考えてしまう。

慰めるように、慈《いつく》しむように、癒《いや》すように、人は人に触れる。

愛撫し、求め、傷つけるためにも触れる。

この人の今のこの手は、何のために伸ばされ、指は肌を滑るのだろう。

アルコールに酔うよりももっとタチの悪い陶酔感。

「あ…」

彼の気持ちはわからなくても、手の感触はある。

質問も、言いたいこともあるのに、その手がくれる感覚の前ではそんなものどうでもよかった。

自分に対する後悔や惨めさを慰められ、孤独を癒してくれるから。

これが性欲の対象だったとしても、それならば彼がエクスタシーに達するまでは自分は彼にとって必要な人間になれる。

これが傷つけるための行為なら、俺が壊れてしまうまでは、この人が側にいる。

そして彼が自分の側にいてくれると、自分は寂しさをごまかせる。

「ん…っ」

口付けが胸に降り、舌が濡れた痕を残して肋骨《ろっこつ》の上を彷徨《さまよ》う。

小さな突起を吸い上げて、こちらが焦れるほどそこだけを執拗《しつよう》に嬲る。

前にそこを弄られて俺が声をあげたのを覚えているかのように。

あの時も、俺は抵抗しなかった。

実際はできなかった、なのだけれど死ぬ気で逃れようとすれば逃れられたかも知れない。

体格差はあるけれど、絶対的というほどでもないはずだし、これでも俺は男なのだから。

でも俺はそうしなかった。

恐怖に支配されながらも、快楽に負けたからだと思っていたけれど、本当にそうだったのだろうか?

あの時、彼は怒っていた。

怒っていたと思った。

だから、抵抗できなかった。怒らせたのが自分だという自覚があったので。

あの時も既に彼に見放されることが怖かったんじゃないだろうか?

「…由比」

彼が俺の名を呼んだ。

「抵抗しなければ最後までするぞ…」

まるで抵抗したらすぐに止めてくれるような言い方。

でもあの時も、彼はそうした逃げ道をくれていた。『どうした？　このままだと何をされるかわからないぞ』と。

俺は、もっとこの人について考えるべきだったのかも知れない。

強引で高飛車だから、絶対理解するものかとガチガチに武装していたけれど、こちらが拒まなければこの人の本質は優しいものだったのかも知れない。

「ん…あ…」

返事のない俺の上、待ち切れないというように手が動く。

下肢《かし》に伸びた指が、股間を探る。

敏感な場所を探しながら、反応を始めているところへ到達すると、そっと握りしめてズボンの中から引き出した。

骨張った指が絡む感触。

「や…」

反射的に彼にしがみつき、溢れ出る感覚に声で抵抗する。

けれどそんなもの、すぐに無駄になった。

「や…、ん…っ」

『止めろ』とは続けられないのだから。

身悶《みもだ》えると、乱れた衣服が身体から剥がれ落ちてゆく。

密着する大津さんの身体はまだ服を纏《まと》ったままだから、スーツの堅い布地が肌に擦れる。

首に感じる痛み。

吸い上げられて、痕を残される。

舌がその痛みを拭うかのように、同じ場所を舐める。

柔らかく濡れた感触に、鳥肌が立った。嫌悪ではなく、快感で。

その柔らかさはすぐに下へ移り、堅くなった俺のモノを含んだ。

「あ…」

執拗なまでに舌がそこを濡らし、吸い上げられる。男として当然ながら、震えるほどの快感が全身を支配する。

この人はいつも、自分の欲を押し付けるというより、俺を快感に溺れさせるように抱くんだ。…俺だけじゃなく、他の相手にも、なのかも知れないけど。

抱く相手の身体を熟知しているかのように、柔らかく未開な場所ばかりを狙って、声をあげさせるんだ。

「あ…」

経験値の少ない俺なんか簡単に頭が飛びそうだ。

「…お前が悪い」

なのに初めて俺を咎める言葉に、目が覚めて身体が竦んだ。

そうだよ、全てを失うのは俺が悪いからだ。指摘されなくたってわかってるのに、今頃言われたって。

でも彼からは離れなかった。

巧みな愛撫に頭の芯《しん》が蕩《とろ》けるように、考えることを拒否し始めてる。

体温が上がると、頭がぼーっとするから。

何もかも、もうどうでもいい。

投げやりなんじゃなく、俺から全てを奪うのがこの人なら、それでもいいと思えた。

きっとこの人なら全て上手くやるだろう。自分なんかより、ずっと上手く。

「ふ…」

俯せにされて、背中に口づけられる。

女性を抱くように胸に手が差し込まれて堅くなった小さな先を嬲られた。

「あ…っ」

腰に当たる彼のモノに、また鳥肌が立つ。

どうして、俺はこの人に簡単に抱かれちゃうんだろう。この間も、今日も。

「や…」

それすらも考えたくない。

「やめ…っ」

指が後ろから身体を割るように脚の間に差し込まれる。

慌てて閉じようとしたけれど、指先が中を求めて進む。

「大津さ…」

説明も言い訳もなく、無言のまま彼の指は俺の中に消えた。

「あ…っ！」

ゾクゾクとした快感と、微妙な違和感。

指が蠢《うごめ》く度にそれが内側に広がってゆく。侵食されるみたいに。

「んん…っ」

彼の身体ではなく、シーツにしがみついてその感覚に耐えている間に、彼は俺に入って
いない方の手で強引に脚を広げさせた。

「やだ…、それは…」

何をされるのかがわかったから、初めて抵抗する。

逃れるように上へ這いずる。

けれど指は容赦《ようしゃ》なく深く入りこみ、ぐちゃぐちゃと中を掻き回した。

「ん…っ、んん…っ」

嫌がったのに。逃げたのに。逃がしてもらえない。

「あ…、や…っ」

胸にあった手が、口元に移動し、指が中へ差し込まれた。噛むことなんかできないから、口が閉じられなくて、唾液《だえき》と声が溢れ出る。

中にあった方の手が腰を抱き、彼のモノがそれにとって代わった。

「や…っ！」

はっきりと拒んだのに、彼は止めてくれなかった。

というよりも止まらないというように、動きが性急になる。

身体が揺れ、顔がシーツに押し付けられた。

そのはずみで口元から指が抜かれる。

「ふぁ…っ…」

求められ、深く刺し貫かれ、身体が重なった。

強く抱き締められ熱が上がった。

突きあげられるから、頬が布に擦られながら身体が上へと逃げる。それを引き戻すように腕が取られ、さらに彼が奥を目指す。

痛みと快感に溺れた。

この人のことが好きだったみたいに。こうされるのを望んでいるみたいに。彼の名を呼びたかった。

「あ…っ、あ…っ」

そんなことはないのに。

ないはずなのに。

「由比」

耳に届く声に胸が詰まる。

「由比…」

彼の名を呼べなかった自分の代わりのように繰り返されるその響きが、とても切なくて、甘くて…。

目を覚ますと、自分はベッドの上で寝ていた。

起き上がることの出来ない痛みが、全身ににぶく広がっている。

脚の間には異物感が残っていたし、腕も、頬も、腰も痛む。

独り寝用のベッドには、自分だけしかいなかった。

首を巡らせても、部屋に人の気配もない。

「痛…っ」

壁や物に手をつきながらようよう身体を起こすと、股の内側に『彼』を感じて上手く脚が閉じなかった。

「大津さん…」

名前を呼んで彼を探す。

「大津さん」

予感はあった。

もう彼はどこにもいないのだろうと。

それでも探さずにはいられなかった。

いつだって、いなくていい時にはいて、いて欲しい時にいないのだ、あの人は。

「クソ…ッ」

ドアを開けてリビングに出ても姿はない。廊下を歩きながらキッチンを覗いても誰もいない。玄関までたどり着くと、残されていたのは自分の靴だけだった。

やはりあの人は行ってしまったのだ。

俺を捨てたりしないと言ってくれたのは、きっといつか自分のためのポストは用意してやるってことなんだろう。

俺が全てを失うことはないというのも、会社での居場所だけは作ってやるという意味なのだろう。

少しだけ、彼が自分の側に残ってくれるのではないかと期待していた。

どうしてだろう。彼が俺に優しかったことなんかなかったのに。

勝手にそう感じたことはあったけれど、実際慰められたり、抱き締めてもらったのは昨夜だけだったのに。

「う…」

壁にもたれかかったまま、ずるずると玄関先に座り込む。

綺麗に着替えさせられていた服が余計に悲しかった。

あの男はいつもこうだ。自分だけ勝手なことをして、その痕跡すら残させない。理由も説明も何もしてくれない。

「なんで…」

おかげで俺はいつも意味がわかんなくて、全てが終わってから真実に気づくのだ。

「なんで…、こんなに…」

悪いことを、全部大津のせいにしておけば安心だった。

彼が言っていることを守っていれば、自分が悩むことはなかった。

彼を憎んで、嫌っておけば、勝手に俺を推した父親とか、大人のクセに名乗りをあげようともしなかった他の人をそうしなくて済んだ。

みんなが自分を今までとは違う者として扱っても、彼だけが自分を子供扱いして、半人前だと認めていた。

俺から搾取《さくしゅ》することも、羨むこともなく、やるべきことを教えてくれた。

バカをやれば叱り、愚痴っても聞き流し、泣いたら抱き締めてくれた。

今更、だ。

本当に今更遅すぎるけれど、自分がどれほど彼に依存していたかに気が付く。

「なんでこんなに、あの手が欲しいんだよ…」

彼がいなくなって、もう二度と会う機会を失って、彼を追う実力も何にも持っていないことに気づかされた今になって、あの手が欲しくなるなんて。

彼が必要で、ずっと側にいて欲しかったと願うなんて…。

あまりにも、遅すぎた。

「大津さん…」

遅すぎた…。


父親の手術の日まで、俺は実家には戻らなかった。

自分のマンションで独り、大津さんが途中まで俺に覚えさせようとしていた全てのことを学んでいた。

もうそれを使う機会もないだろうけれど。

手術の当日一度実家に立ち寄ってから病院へ向かうと、どこから漏れたのか多くの記者が待ち構えていた。

ウチほどの大きな会社の社長が倒れれば当然のことだろう。今日までよく隠しおおせたと思うべきかも知れない。

「次期社長は息子さんのあなただという話ですが、本当ですか?」

「まだ大学に在学中だということですが、中途退学なさるんですか? 休学ですか?」

「社長の容体はどうなんです?」

矢継ぎ早の質問の中、俺は母親の背をそっと押して彼女を建物の中へ逃がすと、向けられた好奇の目に向かってにっこりと微笑んだ。

「父の病状は大したことはありません。ただ、大事に使えば一生ものの身体ですからね。悪いところはまとめて直して不安を取り除こうというだけです」

こういう時のために、あの人は色んなことを教えてくれた。

「私はもちろん大学を卒業しますよ。あと少しですから」

居並ぶカメラや記者の向こうに彼の姿があるのなら、それが無駄ではなかったと伝えたかった。

「社長という職は、親子だからと言って譲り受けられるようなものではないと思っています。私であれ、誰であれ、経営と人の気持ちを纏められる人間が就くべきものでしょう。そしてそれを決めるのは父ではなく、社員の総意だとも思っています」

今日に至るまで、大津さんが社長に就任するという話は流れて来なかったから、彼の名は出さなかった。

「それでいいんですか？　息子としては社長の椅子に座るのが当然と思わないんですか？」

「思いません。会社は個人のものではありませんから」

まだ続く質問の群れに深く頭を下げ、俺もまた建物の中に入った。

病室では、俺を庇うために迎えに出ることもしなかった重役達にも、何も言わずに頭を下げる。

涙ぐみ俯く母の背を抱いて、まっすぐに顔をあげる。

すっかり痩せ衰《おと》えた父親はスーツに身を包んだ俺を見て、そんなのが似合う歳になったんだなと笑った。

「そうしていると、すぐにでも社長の椅子に座らせたいが、大津に怒られたよ。お前にはまだ早いと」

「まだ、ですか？」

「ああ。まだ子供だから、わがままを言わず今少し自由にさせてやれとな。お前が育つまでは代わりに社長になってもいいと言うから、暫くはあれに会社を任せようと思う」

やはりそうなったか。

「…それがいいでしょう。あの人ならきっと上手くやりますよ」

「だがお前には才能があると言っていた。私はそれに期待しているよ」

父の優しい嘘なのか、本当の彼の言葉なのかはわからないが、その言葉は胸に染《し》みた。

自分が逃げ出したあの日、もしかしたら彼の言葉には『まだ』という一言が付いていたのかもしれないと思うと、希望があった。

どれだけ時間がかかっても、もう一度あの人の前に胸を張って立てる日が来るかも知れないという。

今日なら会えるかも知れないと思っていたのにこの場所にも大津さんの姿はなかったから、真実を確かめることは出来なかったが。

俺の役目はもうすぐ終わる。

大津さんが社長に就任すれば、俺の存在を気にかける者はいなくなるだろう。

ただ病が治るのを待つ父と、彼を看病する母だけが自分を必要としてくれるだろう。

けれどもう、二人とも俺を守る側にはいない。これからは自分が二人を守る側になるのだ。

泣いても喚いても誰も助けてくれないのだと自覚すること。

「こういうのを、オトナになったと言うんだろうな…」

父の手術が終わるのを待つ病室の窓から、抜けるような青空を見上げて、俺はポツリと呟いた。

失ったものに対する、感傷的な痛みを胸に抱いて…。


大学が夏休みに入る前に、父からではなく経済誌の記事で俺は大津さんが社長に就任したことを知った。父は既に長期の療養を兼ねて母と別荘の方へ引き籠もっていたので。

彼が元々ウチの社員でありながら、個人で経営コンサルタントの会社を立ち上げたとか。社長に就任すると同時に幾つかのプロジェクトを立ち上げたとか。

両親を早くに亡くした苦労人であるとか。

彼の経歴や、人となりも、その時に初めて知ることばかり。

インタビューを受ける相変わらず意地の悪そうな鋭い眼差しの写真は、切り取って手帳に挟んだ。

もう暫くは現実に会うことなどないだろうけれど、その顔を見ているだけでもやる気が出る。

友人達はそれぞれ記事を読んでから少し態度が変わったが、俺は何も言わなかった。

彼らのことなどもう気にかける必要もないと思って。

それに、社長の椅子が消えた今となっては、来春からの就職先を探すのが先決だ。

毎日、先輩達に話を聞いたり、学生課へ行ったり、就職雑誌を見たり。少し見えてきた自分の将来のために、なるべくいいところに勤めたくて、汗を流して歩き回った。

「Kホテルの二階のレストラン『吉祥《きっしょう》』。ここか…」

そんな時だった。別荘の父から電話で、俺の就職を斡旋《あっせん》したいという申し出があったのは。

勤め先は自分で見つけたいからと断ったのだが、どうしてもと言われて相手の人に直接会うことになってしまった。

何もかも自分の力でやりたい。けれどまだ病人と言っていい父親の心遣いを無下《むげ》にもできず、訪れた相手との約束の場所。

父さんには悪いけれど、足を運んだのは断るためだ。

俺はもう、誰かの庇護に甘えることはしたくないのだ。あの人のために。

「すいません、予約している相庭ですが」

入口で名前を名乗り、紫の着物を纏った仲居に店の奥へと案内される。

「失礼します。お連れ様がいらっしゃいました」

仲居が声をかけ、個室の扉を開ける。

俺は部屋に入る前に深々と頭を下げた。

「失礼いたします。相庭の息子で由比と申します。この度は父が…」

そして挨拶を口にしながら顔を上げた時、その言葉が止まった。

「食事はこちらが呼ぶまで運ばなくていい。暫くは二人きりにしておいてくれ」

低い声。

「かしこまりました。それではどうぞ、ごゆっくり」

部屋に漂うタバコの煙。

「どうした？　入らんのか？」

意地の悪そうな高慢《こうまん》な笑み。

「…大津さん」

ふらふらと部屋に入り、俺はテーブルを回って彼の前に立った。

「席はそっちだぞ」

「どうしてあなたがここにいるんです？」

「父親に何も聞かなかったのか？」

「俺に仕事を紹介するから、相手の人に会って来いって…」

「そうだ。私がお前を雇う」

「何故？　俺なんか役に立たないからあなたが社長になったんでしょう？　一介《いっかい》の学生である俺なんかにもう用はないはずだ」

「俺『なんか』と言うな」

タバコを持っていた手が、それを灰皿に置いて俺に伸びる。

失って、尚《なお》欲しがったあの手が。

「社長の椅子には私が座る。お前がいつかそこに座れるようになるまでは、な。だが生憎《あいにく》気に入った秘書がいない」

「俺を？　秘書に？」

「そうだ」

胸が苦しい。

間近で彼に会えて、その声を聞いて、喜びに震える。けれど…。

「それは無理です」

俺は首を横に振った。

「どうして？」

「俺は社長の椅子なんか望まない。俺が欲しいのは…」

差し出されて途中で止まっていた彼の手を、自分から握る。

「…大津さんだから」

「私？」

「少しだけ大人になって、自分が一番欲しいものがわかるようになったんです。あなたがどう思っていようが、俺は自分の力であなたに振り向いて欲しい。だから、父からの申し出は断らせてください」

本当はすぐにでも彼の側に行きたかったが、そう答えたのはせめてもの自分のプライドだった。

親の世話で仕事を貰《もら》うのではなく、気持ちで彼に望まれたかったのだ。

「それは奇遇だ」

だが、俺が握った手を離す前に、彼が俺の手を握り返し、グイッと身体を引き寄せる。

「私も欲しかったのは社長の椅子ではなく、出会った時からお前だけだった」

「…大津さん？」

勝ち誇った余裕の笑み。

ムカついて、腹が立つけれど逃げられない。

「『大嫌い』と言われて、怒りのあまり強姦した時には二度とお前から望まれるとは思わなかった。だが最後に優しくしてやったのが利いたかな?」

「な…、何?」

一世一代の告白をしたつもりだった。

引かれて、蔑まれて、断られるのが当然だと思うから、敢《あ》えて『好き』というその一言を付けずに。

「私はお前がナマイキな中学生の時から、ずっと欲しかったよ」

なのにどうして、この男の思うツボにハマッたって気がするのだろう。

考えて、考えて、悩んで、傷ついて、少し大人になってやっと出した俺の答えを、この人は簡単に凌駕《りょうが》してしまうんだろう。

「お前の欲しいものをやろう。だから私の欲しいものを寄越せ」

「大津さ…」

「それはお前だ。だから私はお前を捨てない。捨てられるわけがない」

引き寄せられ、抱き締められ、タバコの匂いのする唇が強引に俺の唇を奪う。

「来春からは、お前が私の秘書だ」

本当に悔しいことに、俺はその口づけが嬉しかった。

この手が、再び自分のものになったのが、泣くほどに嬉しかった。

「出会った頃なんて、俺は中学生だった」

「それでも好きになった」

「それを信じろって？」

「信じてもらわなければ困る」

たとえずっと彼に騙されていたとわかっても。

「何せ、恥ずかしいくらいの純愛で今日まで来たんだからな」

この先もいいようにされてしまう予感があっても。

この手が俺のものになるから。

この人が、何もかも失くした自分の手元に残ってくれたから。

せめてもの仕返しで、『好き』と言う言葉を心に隠したまま初めて俺からキスを贈った。

「いいよ、秘書になってあげる…」

もう悩む事もなく、喜びの中で…。

純愛の微熱
the slight fever of pure love

引き寄せて、抱き締めて、タバコを咥えていた唇に触れる柔らかな感触を貪った。

「来春からは、お前が私の秘書だ」

驚き、困惑している顔にプロポーズよろしく贈った言葉。

ずっとお前を見ていたと、冗談めかしながら伝えた本音。

手に入《はい》る自信はもうあった。

差し出した手は拒まれない。

抱き締める腕から、逃げない。

彼も自分を好きだと、確信があった。

だから、彼の答えに満足した。

「いいよ、秘書になってあげる…」

年を越え、春が訪れ、私が新しい役職に慣れた頃、言葉だけの約束は守られ、由比《ゆい》は私の『第二秘書』として社長室にやって来た。

と、同時に監視と教育の名目でその住まいも私の元へ移させた。

だが、それは少し失敗したかもしれない。

一度は自分の腕に身を任せはしたが、由比はまだまだお子様。キスの距離に近づくだけで身体を硬くするのだ。

仕事は覚えさせなければならない。

生活態度も監視しなければならない。

その上、恋愛まで『教え』なければならないのか。

手元に置いて二週間。

「大津《おおつ》さん」

と子犬の瞳《め》で近づいてくる子供に対して、そろそろ行儀よくしてられない自分を、自覚し始めていた。


朝のニュースの天気予報は見ていた。

だが星座占いのコーナーは見なかった。

必要性も感じなかったし、この歳で占いに興味などあるわけがない。

天気予報では、今日は夕方から一部で豪雨、と言っていた。

だが、自分の移動は車だし、家は予報の出ている地域とはずれていたので、全く関係ないと思っていた。

一応、折り畳みの傘ぐらいはもって出ようなんて考えもなく。

安心しきっていたから、会社の帰りに、前から行ってみたいと思っていた新しくできた外資のホテルの建設現場まで自ら運転し車を回した。

そういう現場を見せることも帝王学の勉強になるだろうと、普段は先にひとりで帰す由比を車に乗せて。

外観ができ上がり、足場が外された建物は、構造や様式をチェックできるようになったと報告を受けていた。

そこで、窓の間隔から天井の高さを見ることもできるし、プールバールから敷地内のモーターブールの流れの管理などを調べることができる。

恐らくは海外から連れて来たであろう設計者の手腕を見たい。

そう思って昼間は関係者がうろついているかも知れないから、工事が終わりかける夕暮れを狙って帰りがけに車を回した。

見に行って、写真を撮って、目的を果たす。

本人はおとなしくしていたが同乗者の腹が騒ぐので、ついでに近くのレストランで腹も満たした。

そこまでは、悪い日ではなかった。

腹がくちくなったマメ柴が隣で寝息を立てた時も、可愛いもんだと思いこそすれ、怒りはしなかった。

何をさせたわけではないが、子犬は子犬なりに疲れも感じていたのだろう。

…だが、こうなってみると、朝の占いでも見てくれればよかった。きっと私の星座は最下位だったに違いない。

「…クソッ」

外は豪雨、車はエンスト、電話で修理を呼んだが、今混み合っているので、時間はお答えできませんが早急に参ります、という返事。

バッテリーが上がっているのか、ヒーターも点かない。

車が動けば、豪雨だろうと関係なかった。

雨が降ってなければ、もう少しで家だから、車を押して帰ってもよかった。そこでさえ遠いと感じたら、せめてどこか近くのコインパーキングまででもいい。

修理屋もそうだ。すぐに来るなら待つのは苦ではない、遅くなるなら、隣で無防備に眠っているマメ柴、由比を起こして悪くない時間を過ごしてもよかったのだ。

だが何時《いつ》来るのかわからないのでは、おとなしくしているしかないだろう。

今自分ができるのは、せいぜい、雨が吹き込まない程度窓を開け、タバコを咥えるくらいだ。

身じろぐ声に視線をそちらに向ける。

「シートも倒さず、よくこんなにぐっすり眠れるもんだ」

「…ん」

こっちの気も知らないで。

この、バカではない子供と出会ったのは、七年前だった。

当時、私はホテル・レストランチェーンの蘇芳《すおう》グループの経理から秘書課へ異動になり、相庭《あいば》社長のお気に入りと呼ばれていた。

経理の前には営業にいたのだが、そうやって部署を回された最後にたどり着いたのが社長の第二秘書だったので、いずれ大津は副社長になるのでは、と言われていたのだ。

実際自分もそのつもりだった。

副社長とは言わなくとも、幹部候補生だろうと。

ところが、最初に頼まれたのは相庭社長の息子、つまり当時高校受験を控えていたこの相庭由比の家庭教師だった。

ガッカリする、というより社長の親バカ加減に呆れた。

当時の私が一体幾らの給与をもらっていたか。

その私を、たかが中学生の家庭教師に使うつもりなら、同じ金で何人もの優秀な家庭教師が雇えただろう。

社長自身は個人的に尊敬していたが、子供には全く期待しなかった。

金のある場所で、親バカにぬくぬくと育てられた子供にロクなのはいない。そんな子供のために、自分を無駄に使おうとする社長にもガッカリだった。

だが、由比は私のそんな考えの全てを引っ繰り返した。

まず学力的に見ても、彼は優秀だった。

教える価値があるほど。

少し生意気ではあったが、礼儀も社会常識も、金銭感覚も持ち合わせている。

社長の方にも、甘やかさないで、怒鳴っても叩いてもいいからという言葉をもらい、やっとこれが単なる家庭教師ではなく、未来の社長候補と未来の幹部候補の顔合わせも含んでいることに気が付いた。

この子をいつか社長に据えたい。

その時に君はこの子に付いてくれるかね？

言葉には出さないがそう問いかけていたのだ。

なるほど、そういうことならスパルタで行かせてもらいましょう。この子供の肩に自分の将来がかかっているのなら、私にはその権利がある。

そう思って、目の前の子供を教育することに集中した。

やがて魅了されてしまうことも知らず。

「…若かったな」

思い出して、つい苦笑してしまう。

そうだ。

あの頃の自分は若かった。

そして今よりも行儀がよかった。

やる気を出させるための常套句《じょうとうく》、『出来ない子供の面倒は見ない』という一言で、嬉しそうに目を輝かせる彼が素直で可愛く。

難しい課題を出しても、『認められるとそこで終わりだから厳しくしていいですよ』なんて強気の発言をする鼻っ柱の強さも可愛いかった。

当時、エリートと称される自分に群がって来る女は多くいた。

だが、飾り立てた玉の輿狙いにも、自分の才能に溺れるプライドの塊にも、すっかり辟《へき》易《えき》して恋愛対象と思ったことがなかった。

そういう女共と比べると、このバカではないマメ柴に斬新《ざんしん》なほど惹きつけられたのだ。

想像とは違う由比の健気《けなげ》な可愛さは、特別だと。

「あの時も、寝顔だったな」

その気持ちが更に深いものに変わったのは、この子の寝顔を見た時だ。

可愛い生徒との最後の日、部屋を訪れると彼は机に突っ伏して眠っていた。

少し開いた唇はぷっくりとして、まるで女のように見えた。

イタズラ心を起こして伸ばした指を何と間違えたのか、由比は少し微笑んでその指先を軽く咥えた。

若かったのだ、本当に。

たったそれだけのことで『その気』になってしまうなんて。

だが彼は社長の息子だった。

たった十五の子供だった。

しかも男の子だ。

慌てて指を引っ込め、その鼻を摘《つ》まんで起こし、気が緩んでると叱る以外にできることはなかった。

今なら…。

「今ならもう少し悪いコトもするんだがな」

『するんだがな』ではないか、悪いことは『した』だ。

再会した時、こいつはすっかり私のことを忘れていた。

こっちは時々様子を見に行ってやるほど心にかけていたのに。

高校の時も、大学の時も、私は自分が見つけた原石を、いや、愛らしいと思ったマメ柴が、他の者に曲げられるのはいやだと思って遠くから眺めていた。

あやうい色気を内包する子供の選ぶ相手が、自分の目に適わない人間だったら邪魔をしてもいいと思って。

もっとも、その頃は由比が選ぶのは女だと信じて疑っていなかった。

少年にその気になったのは、自分が特殊だからで、由比自身が同性を恋愛対象にするわけがない。

もし可能性があると、当時思っていたら距離を置こうなんて考えなかった。これが選ぶ男が自分になるように努力した。

社長が倒れて、また暫《しばら》く面倒を見てくれと言われた時の気持ちも、こいつにはわからないだろう。

近づけば、チャンスを狙う。

チャンスがあれば、手が伸ばせるほどの悪い大人になった。

まして自分は数年前から蘇芳グループを離れ、社長には恩はあるが上下関係のなくなった身分。

さらって行くことすらできるのだ。

彼等を敵に回す覚悟さえすれば。

それを踏みとどまったのは、相手にその気がなければ敵を作る価値がないと知っていたからだ。

短くなったタバコを灰皿にねじ込み、新しい一本に火を点ける。

しけった空気と入れ替わりに、白い煙が崩れながら雨に消える。

由比が自分を求めたら、遠慮はしないと最初から決めていた。

それまでは我慢しようと。

今まで我慢できたのだから、そんなものは容易なことだと思っていた。

だが言葉を交わし、手の届く場所に近づいた由比は、もう充分自分の性的な対象の範疇内になっていた。

変わらない強い眼差し、文句の多い唇。

太りもせず、瘦せもせず、ひねたところも、驕《おご》ったところもない。

もう少しバカな子供だったら、私もこの歳で感情が先に立つ恋愛をしようとは思わなかっただろう。

ベッドの相手に不足しているわけではないのだし、付き合っていて悪くない人間も多くいる。

口説いたり、機嫌をとったり、周囲を気にしなければならないような子供を選ぶ必要性はなかった。

だが、自分は捕まったのだ。

今思い出してもムカムカする。

こいつは酔っ払って『大津さんなんか大キライです。教えてもらうならあなたよりもっと優しい人がいい』と言ったのだ。

自分でも驚くほど『大キライ』という言葉にカッとして、ベッドへ運び、正常に意識が保てないほど酔った罰だと言わんばかりに手を出した。

そんな罰があるものか。酔っ払いなら水ブロにでも叩き込めばよかったんだ。

押さえ付け、指を滑らせ、喘ぎ声を聞いて…。

もう若かったは通用しなかった。

これが欲しくて、暴走したのだ。

酷いことをした。

その謝罪に、彼を自由にしてやろうと思った。

こいつがやりたいことを探している間、自分がこの子の居場所を守ってやろう。それを譲り渡すまでは、責任がある。

もうこれで終わりだとしても、それは自業自得《じごうじとく》というものだ。何も知らない子供を蹂躙した罰だと。

逃がしてやるつもりだったこの腕に、飛び込んで来たのは本人だ。

『俺を捨てないで』とか『せめて今夜だけでも側に』と言って。

うまうまとその言葉に誘われた自分も自分だ。

彼が、言葉の意味もわからない子供だったら、単に保護者が欲しいと望んでいるだけだったら。

伸ばした指に驚き、背を向けて逃げ出したら、自分は正直打ちのめされただろう。

由比は、その言葉を口にすることで自分が何をされているかちゃんとわかっていて、受け入れるぐらいには大人だった。

だから、迎えに行ってやったのだ。

大学を卒業したら、自分のところへ来いと。

「なのに…」

文句を口にしてやろうと思った時、スーツの内ポケットに入れた携帯が震えた。

昼からタバコを離し、電話に出ると、明るい男の声が響いた。

『グレイ・モータースです。先ほどお電話いただいた大津様でしょうか』

先ほど？

こんなに待たせておきながら、よくそんなセリフが。自分の部下だったら、まず客への謝罪から入れと怒鳴るところだ。

「ああ、そうだ。それで来てもらえるのか？」

『はい。今もう古川《ふるかわ》の交差点まで来てます』

「ではそこのガソリンスタンドの角を新宿《しんじゅく》方向へ曲がってくれ。真っすぐ走ればライトを消した黒い車が停《と》まってる」

『はい、かしこまりました』

「急いでくれ」

せかす言葉を最後に投げ付け、電話を切る。

隣では、まだ由比が眠っていた。

もう少し経てばいい男になるだろうが、まだ少年のような面差しの寝顔。

キスして起こしたら怒るくせに、警戒心のない。

身体を重ねた相手と同居することが何を意味するか知らないわけでもないのに、この二週間、私の指が触れる度に全身を硬直させ、するりと逃げ出す子供。

仕方ない。

こいつはまだ子供と大人の狭間《はざま》に立っているのだ。

あの時は大人だったが、今はまた子供になってる。

それに振り回される自分が、大人げないだけだ。

「由比」

子供には子供の扱いをしてやろう。

「起きろ、修理屋が来るぞ。その間の抜けた顔を他人に見せるつもりか」

「え…? あ、はい」

あの時と同じように、鼻を摘まんでやると、彼はすぐに身体を起こした。

「何? 修理って? まだ着いてなかったの?」

本当にこのマメ柴は…。

「お前がグースカ寝てる間に何があったか話してやるから、さっさと目を覚ませ」

イライラしていた。

それはきっと雨のせいでも、遅れて来る修理屋のせいでもないだろう。

わかっている。

それはこの恋の真意を知らない子供のせいなのだということが。

目の前の御馳走に我慢できなくなっている、自分の『行儀の悪い』部分なのだということが…。


「これは無理ですね」

さんざん待たせた挙げ句やって来た修理屋は、車を見てそう言った。

「バッテリーが上がったんじゃないのか?」

穏やかに聞いてやったのは、ボンネットに腰から突っ込んで中を見ていた若造が、傘を私に渡し、自分は濡れながらも丁寧にチェックをしてくれたからだ。

「バッテリーは替えてみたんですけど、エンジンかからないでしょう? これは配線の方がイカレてるんですよ。火が出なくてよかった」

「よくはない」

雨の中、車通りが少ないとはいえ、道の真ん中で立ち往生だぞ?

「まあそれはそうですが。とにかく、ここじゃ何もできませんね」

と言われて、この車をどうしろと言うのだ。

「取り敢えず、ウチの車で少し引っ張って邪魔にならないところまで牽引しますよ」

「それなら家まで引っ張ってくれ」

「レッカーじゃないもんで。それはちょっと…」

「金は払う」

「と言われても…」

会話をしている間にも、男の携帯が鳴り響く。

ちょっと待ってくれ、というように片手を上げると、彼はそのまま自分の車に向かい中へ姿を消した。

「どうですか？　大津さん」

車の中に残っていた由比が窓を開けて尋ねる。

「ダメだそうだ」

「ダメって」

「車を置いて歩くようだな。この傘も貸しては貰えんだろうし」

貸せるほどあるなら、自分も差しているだろう。あの男が持ってるのはこの一本だけに違いない。

「じゃ、どうするんです？」

「歩いて帰るしかないだろうな」

「この雨の中を？」

「この雨の中を」

一時期より降りは緩くなったが、まだ街灯の明かりを霞《かす》ませるほど強い雨だ。

アスファルトに落ちて跳ね返る雨粒は、もうズボンの裾《すそ》を濡らしていた。

「いいですね」

「何？」

「雨の中歩くなんて、ちょっと楽しそうじゃないですか」

…この『子供』は。

「部屋へ戻ったら風呂に入れば済むでしょう？　五分もかからないところなんだから、風邪は引かないと思いますよ」

「いいからお前は窓を閉めておとなしく待ってろ」

濡れた指先の水を飛ばすように鼻先で振ると、彼はムッとして窓を閉めた。ムッとしたいのはこっちの方だ。

いつまでも私の前で『子供』をアピールするな。こっちはお前を大人として扱いたくてうずうずしているというのに。

入れ違いにさっきの男が車から顔を出す。

「すいません、次が入っちゃったもんで、どこまで引っ張ればいいですか?」

どいつもこいつも人の気持ちも知らず…。

「…わかった。じゃあこの先に道が少し広くなる場所があるから、その路肩まで頼む」

「はい」

安全のために出していたテトラライトを回収し、傘を返して濡れながら運転席へ戻る。

「大津さん、これ。大した役には立たないけど」

差し出されたハンカチは、受け取らずに返した。

「いらん、どうせすぐに濡れるんだ」

修理屋の白いバンが前に回り、今度は傘を差して出て来た男が前にかがんで二台の車をロープで結んだ。

「ギアをニュートラルに入れてください」

と言われ、ギアレバーに手をかける。

前の車のライトが点いて、ゆるりと車が動き出す。

「エンジン切っても車って動くんだ」

と呟く由比を無視してハンドルを切る。

シャッターの落ちた暗い街の中をそのまま進み、本当ならば曲がるべき角を通り過ぎた場所で片側に寄せた。

ここでいいだろうと思う場所で前の車が止まるから、サイドブレーキを引く。

再び出て来た男がロープを外し、一礼するとこちらに近づきもせず去って行った。

雨の中、テールライトが遠ざかる。

さて、これからどうするか。

ここにこいつを待たせて自分がマンションまで走る、が正解だろう。だがそうすれば間違いなく全身ずぶ濡れだろうな。

「大津さん、濡れるの嫌？」

「歓迎はしないな」

「じゃあ俺、先に一人で行って傘とって来ましょうか？　大津さんがここで待っててくれれば」

「それじゃ、お前が濡れるだろう」

「俺は平気。一度豪雨の中を歩くってのやってみたかったくらいだから」

「お前が濡れないように考えてるんだ、黙ってろ」

大人なら、口説き文句にとられるようなセリフを聞いても、子供は簡単に受け流す。

「逆でしょう、俺が秘書なんだから」

「お前は前社長の息子で、次期社長だ」

「今はどっちでもないですよ」

「由比」

言ってる間にも由比がこちらに背を向け、ドアに手をかける。

「上司の役に立つのも秘書の仕事です」

そこまで言われて一人で行かせられるものか。

「待ちなさい」

いいだろう。

この子と濡れるなら、それもまた一興だ。

「お前の言う通り、濡れればいいだけの話だ。一緒に出る」

「でも…」

「一緒に帰ると言ってるんだから、素直に『はい』と言え」

「…はい」

まったく…。

この子といると、自分はらしくないことばかりしている。

もう少し落ち着いた、節度のある人間だと思っていたのに。

「出たら、そこの店の屋根のところで待っていろ。車のカギを閉めなきゃならん」

「はい」

先に由比を出して、濡れては困るものをスーツのポケットの内側に移す。

車のキーを抜き、ドアに手をかけて開けると、雨が全身に降り注いだ。

もういっそ清々しいほどの濡れっぷりだ。

ドアに鍵をかけ、由比を振り向き手を差し出す。

「行くぞ」

付いて来いというだけのつもりで出した手を、彼は笑いながら握った。

驚いたのは、彼の行動ではなく、握られた手に胸が鳴ったこと。

「走りましょう」

誰かと手を繋ぐなんで何年ぶりだろう。

「革靴だぞ」

だが青臭いガキじゃあるまいし、こんなことで喜んでどうする。

自分の望みはこんなカワイイことじゃないだろう。

「大丈夫ですよ、すぐそこだから」

こんな子供より、自分の方が何もかも勝ってる自信はあった。

実際それが事実だとも思う。

「…わかったよ」

けれど、時々自分はこの子供に流される。

惹きつけられ、らしからぬことをしてしまう。

ずぶ濡れになりながらマンションへの道をスーツ姿で走り、私は口の端で笑った。

彼の言う通り、これも結構楽しいものだと繋いだ手に力を込めながら。


当然のことだが、マンションへ到着した時には全身濡れねずみだった。

「スーツ絞ると水が滴るよ」

子供を強調するかのように、相変わらず楽しそうに彼が言う。

「滴るよ、じゃなく。エレベーターに乗る前に軽く絞っておけ」

こっちも上着を脱ぎ、皺《しわ》にならない程度捻《ひね》ってみると、足元にはみるみるうちに水たまりができた。

靴の中までグチャグチャだし、うんざりだな。

「もういい。脱いで上がろう」

「はい」

スーツを脱いで腕にかけ、振り向いてぎょっとした。

激しい雨はスーツだけではなく、その下のシャツまで染み込んでいたのか。

「上着脱ぐとちょっと冷えますね」

同じようにスーツを脱いだ由比の背中が、透き通った布を張り付け、それなりな色っぽさを放つ。

前を向かれると、半透明な布に薄く乳首が透けていた。

「行きましょう」

触れて来る手を払い、彼より先に建物の中へ入る。

あり得ないだろう。

全裸の女を平然と叩き出せる程度の平常心を持ち合わせている自分が、たかが濡れたシャツごしの身体一つで触発されるなんて。

「待って、大津さん」

追いかけて来た由比と一緒にエレベーターに乗り込むが、彼の方に視線を向ける気にはならなかった。

操作盤の前に立ち、ボタンを押し、念じるように言い聞かせる。

これは子供だ。

なりはでかいが、中身は子供なのだ。始末に負えないことに。

知識も持っているだろう。男としての生理もわかっているはずだ。

だが子供だから、それが現実とは結び付いていない。

扉が開くと、降りるのも先にした。

極力彼を見ないようにしながら部屋の鍵を開け、中へ入る。

だがこの子供と来たら…。

「あ、待って大津さん」

靴を脱ごうとした私を止めて、前へ出たかと思うと。

「そこに居てください」

と言いながら、するするっとズボンを脱ぎ、靴下を脱ぎ、濡れたワイシャツ一枚の姿で奥へ消える。

舌打ちしたい気分だった。

そんなことをすれば、こちらの気持ちが見透かされるから絶対にしないが、我慢している鼻先に餌《えさ》をチラつかせるなと言いたい気分だ。

まったく、いつまでこっちに忍耐を強いるつもりなのか。

「はい、タオル」

「そんな格好でうろうろするな。風邪を引くぞ。健康管理も仕事のうちだという自覚がないのか」

教育的指導のフリをして叱り、タオルで身体を拭くフリをして視線を逸らす。

「ありますよ、それくらい。子供扱いしないでください」

それなのにこの子供ときたら。

「ちゃんと今、浴槽にお湯も張ってます。だから服はバスルームで脱いでくださいね。まだお湯は溜まってないけど、一緒に入ってる間に溜まりますよ」

一緒に、と言うのか？

「男二人が入るには狭いだろう。お前が先に入れ」

「脚は伸ばせないけど、充分広いでしょう？　わがまま言ってないで温まらないと。社長秘書は風邪で休んでもいいですけど、社長は休めないんですから」

ほう、私をワガママ扱いか。

「いいからお前だけ…」

言いかけて、途中で言葉を切った。

いいだろう。

いい加減イライラしていたところだ。

これはお前の誘いと受け取ってやる。

靴下だけを脱いで部屋に上がり、そのまま由比の横を抜けてバスルームへ向かう。

「温まるんだろう。早く来い」

「はい」

いつまでもこっちが行儀よくしているとは限らないということを、よく教えてやろう。

警戒は挑発だが、無防備は罪だ。

挑発には乗らないが、断罪はする。

脱衣所へ行き、こちらが服を脱ぎ始めると、今更ながら照れたように視界から外れようとする。

そんなことをしたって無駄だ。

どうせ浴室に入ればお互い全裸。見せたくなかろうと何だろうと、遮るものなどないのだから。

「…俺、やっぱり後にします」

と言われても逃がしてやるものか。

「私にワガママと言ったんだ。入らん理由はないだろう」

「でも、二人じゃ大津さんがゆっくり入れないでしょう?」

「ゆっくり浸かるために入るんじゃない。暖を取るために入るんだ」

腕を取って引き寄せ、シャツのボタンを外す。

「い…、いいよ。自分で脱げます」

「だったら早く脱げ」

「でも…」

「でも? ああ、そうか。着替えか。なら私が取ってくるから、先に入っていろ」

「大津さ…!」

呼び止められても、上半身脱いだままの姿で脱衣所を出て、ドアを閉めてしまう。

よく覚えておくといい。

大人と呼ばれる人種は狡猾《こうかつ》だ。

獣《けもの》は獲物を狩る時には知恵を巡らす。

私の裸体に危険を察したなら、恥じらいを覚えたなら、お前は今悩んでいるだろう。追いかけるか、脱がずに待つか、先に風呂場へ入ってしまうか。

追いかけて来てもどうせ私に首根っこ引っつかまれて戻されるとわかってる。自分が、時間をかけてバラバラに入るのはワガママだと言ってしまったのだから。

かと言って待っていれば再び私の脱衣シーンを見なければならないし、自分が服を脱ぐところをじっくりと見られる。

答えは、先に風呂に入って浴槽に身を沈めてしまうこと、と思うだろう。

その答えを出し、服を脱ぎ、風呂に入る時間をやろう。

スーツの中のタバコは濡れて湿ってしまったから、テーブルの上に置きっぱなしにしていた方から一本取り出して口にする。

唇にそいつを載せたまま、二人分の着替えを取りに行き、浴槽に浸かったお前が気を緩めてしまう程度の時間を置く。

長くかかると、すぐに上がって来てしまうかもしれないから、タバコは半分ほどで灰皿へ捨てた。

脱衣所へ戻るとそこに由比の姿はなく、バスルームからは水音がした。

思った通りだな。

濡れた服を脱ぎ捨て全裸になり、扉を開ける。

音に怯えた由比はこちらを見てから視線を逸らせた。

「肩まで浸かって三十数えろよ」

「人を子供扱いしないでください」

「子供だろう」

「子供じゃありません」

「じゃ大人か？」

「決まってるでしょう。俺はもうとっくに大人です」

いい返事だ。

これで子供じゃないと言い張ったのはお前だ。

「詰めろ」

「……どうぞ」

横たわれるくらいに大きな横長の浴槽の端へ、膝を抱えて座り込む。そんな彼の身体を隠してやれるほど、まだ湯は溜まっていなかった。

「入浴剤も入れなかったのか」

「温まるだけならいいでしょう」

「私はかまわんが」

せめて入浴剤でも入っていれば、湯に色がついてもう少し自分の裸体が隠せただろうに、頭の回らない。

誘ってる上での計算なら褒めてやるが、体育座りで身を縮こませているところを見ると失態でしかないだろう。

縁を越えて、湯船に脚を入れる。

身を沈めても、水面は腹の辺りだった。

「俺、身体を……」

「湯が肩に届くまで出るな。全身浸からないと温まらないだろう」

「でも……」

「それに、今お前が出たら湯が足りなくなる」

縮こまる由比を脚で挟むように、背をバスタブにもたせかけ、脚を伸ばす。

「大津さん」

足先が当たると、咎《とが》めるように由比がこちらを睨んだ。

「脚、伸ばさないでくださいよ。二人で入ってるんだから」

「お前も伸ばせばいいだろう」

「二人で入っててそんなことできるわけないでしょう」

「そっち側に背中を寄りかからせて向かい合えばいい」

「…そんなの」

「どうした？」

意識している。と白状するか？

「肩にお湯が当たるから嫌です」

ヘタな言い訳だ。

「では場所を替わってやる」

その一言で片付けられてしまう程度。

「別に…」

「ほら、どけ」

近づかれると逃げるしかない。

だからお前は湯に波を立て、慌てて場所を譲る。

膝は抱えたままだが。

「脚は伸ばさなくていいのか？」

適当な言い訳を口にする前に追い詰める。

「それとも、私に裸を見られるのが恥ずかしいか？」

「べ…、別に」

強がるのは悪いクセだ。

物事、素直に認めた方が軽く済むことも多い。ただ今は、認めたところで逃がしてやるつもりはないが。

「だったら脚を伸ばしたらどうだ？　貧弱な身体というわけでもないだろう」

嘲笑《わら》うと、からかわれたことまでは察してムッとした顔になる。

「貧弱じゃないですけど、大津さんがそんなにいい身体してるとは知りませんでしたから、見劣りするのが嫌なんですよ」

そこがばかだと言うんだ。

「なんだ、二度も私の裸を見たクセに、体つきを確認する余裕もなかったか」

どういう意味だかわからないという間が空いたが、すぐに思い当たって顔が赤くなった。

余裕なんかあるはずはなかっただろう。しかも一度は酔っ払いだったのだから。

けれど反論はなかった。

「私の身体を見るのが恥ずかしいのなら、こうすればいい」

膝を抱えている腕を取って強く引く。

バランスを崩した身体が湯船に倒れ込みそうになるのを抱き止め、脇に腕を差し込み、後ろからかかえ上げる。

「これなら文句はないだろう?」

戸惑う顔が見えなくなるのは残念だが、それは十分想像で補えた。

「腕…、離して」

「逃げないと約束するならな」

「逃げたりなんか…」

「しないか?」

「男同士で密着してもしょうがないだろ」

口調が崩れる。

「間違ってるな」

動揺し始めた証拠だ。

「間違い?」

「男同士、じゃなく恋人同士だろう」

否定して逃げると思った。

そうしたら次にからかう言葉も持っていた。

だが、由比は驚いたようにこちらを振り向いた。

「恋人？」

その顔が嬉しそうに見えるのは気のせいか。

「違うのか？」

「本気で言ってる？」

「冗談ではないことは確かだな」

「大津さんがそんなこと言ってくれると思わなかった」

なんだって？

「俺…、大津さんのこと好きだけど、あなたはそうでもないのかと思ってた」

どういう意味だ。

「あなたが好きだから、ここに来たのに。いっつも仕事、仕事って言ってばっかりで。俺のことなんか相手にならないのかと…」

「…だったら何故ここへ来た」

「来いって言ってくれたから。少しでも側にいたかった。あなたと俺とじゃスキルが違い過ぎる。遠くにいたらもっと離される気がして…。少しでも一緒にいたかった」

気を緩めたようによりかかって来る身体。

どうやらそのセリフは本気で言ってるようだな。

だがずっと好きだと言ってやった私の言葉を忘れたか？　側にいて欲しいという一言に応えて抱いてやったことも忘れたか？

それとも、誰にでもそうすると思われてたのか？

随分とオトナの純情を踏みにじってくれる。

「でも、本気で恋人って言ってくれるなら、いいや」

お前は子供だ。

相手の気持ちをくみ取る能力がまだ欠けている。

だがそれを笑って許してやれる時間に幕を引いたのは、外《ほか》ならぬ自分自身だということを身をもって知るといい。

「よく言う」

「何？」

「近づく度に身体を硬くして逃げてたくせに」

「逃げてなんかいない。緊張はしたけど…。でも、そんなの当然だろ。好きな人が近づいてくれれば誰だって緊張するにきまってる。大津さんこそ、近づくだけで何にもしなかったクセに」

…ほう。

「俺なんかじゃそんな気にならないのはわかってるけど、それを言い訳にしないでよ。あなたにとっては大したことじゃないかも知れないけど、俺は、あなたが好きだと思ったからここに来たんだ。俺にとっては好きな人と一緒に暮らすのは勇気が必要だったんだ」

自分ばかりが好きなような口をきいて。

そのことを後悔させてやろう。

「そうか。お前にもその気があるとわかって何よりだ」

お前が緊張して過ごした時間、私は我慢で過ごしていたのだから。

「これからは遠慮はいらないということだな」

身体をかかえていた手を下に下ろすと、ビクッとして起き上がろうとした。

だが遅い。

「大津さん…！」

と声を上げた時には手は彼のモノに触れていた。

「何を…」

柔らかな感触が、あっと言う間に形をなす。

若いな。こっちはまだその気になれないってのに。

「近づくだけで何もしないと言われちゃ手を出さないわけにはいかないだろう?」

「そんな、あげ足取るみたいな…」

「あげ足じゃない。我慢してたんだ」

背中に唇を押し付けると、また由比の身体が震える。

うなじの辺りはまだ湯が届いていなかったから、鳥肌で立ち上がった産毛《うぶげ》がくすぐったかった。

「やめ…」

「緊張してるだけで、嫌じゃないんだろう?」

立ち上がるのは産毛だけじゃないか。手は動かしていないのに、由比のモノはどんどんと形を変えてゆく。

「それとも、手順を踏んでキスから始めてほしいか?」

片方の手で逃げないように内股を押さえ、もう一方の手で顎を捕らえて振り向かせる。

泣きそうな顔をしていたが、かまわず口づけた。

「ん…」

キスしてみると、自分がどれほどこの子供を求めていたかがよくわかる。

いや、もう子供じゃない。

子供、と思っていなければ我慢ができなかったから、殊更《ことさら》ガキ扱いしていたが、あの十五の寝顔の時から、こいつは私にとってそういう対象だった。

指の先を咥えられた時、酷く残虐《ざんぎゃく》な気持ちになったのを思い出す。

このまま深く指を入れ、小さな白い歯をこじ開け、熱く濡れた内側を掻き回してやったらどんな顔をするだろう。

口腔は性器に似ている。

そこを指で犯したら、この寝顔はどんなに色っぽくなるだろう。

もちろん、そんな考えは一瞬にしてねじ伏せた。

バカバカしい。

せいぜいがところ噛み付かれて終わりだ、と。

「…ふっ」

だがその寝顔はもう大人になった。自分を大人扱いしろと言うほどになった。

遠慮する方がバカだった。

「あ…」

キスを止め、顎を掴んでいた手の指を伸ばして口の中へ差し込む。

由比は、噛んだりしなかった。

「あにお…」

とまどって問いかけただけだった。

喋ると舌が指に当たる。

色っぽい顔とは言い難いが、わかってない感じがそそる。苛めてやりたくなる顔だ。

「ん…」

指を口に残したまま、内股にある手を動かすと、起き上がろうと背中が離れる。

それを押さえ付け、ギリギリまで付け根に近づき、軽く掻くように指を這わせる。

緊張しているのだろう、女と違ってそこには張った筋肉があった。

メインディッシュには触れぬまま、その辺りを撫で摩ると、イキのいい魚のように震える肩が面白かった。

「…ッ!」

噛まない程度に大人になったと思ったのに。突然子犬が反撃する。

「噛んだな」

「…あんたがずるいからだ！」

「ずるい？　何が？」

「そっちばっかり余裕で」

「余裕なんぞあるものか」

「だって…」

「だって何だ？」

「こんなことされたら、俺は平気じゃいられない」

「私だって平気じゃないさ」

「嘘ばっかり。あんたは俺の反応を楽しんでるだけだ。俺は…」

ふいっ、と不機嫌に視線が逸れる。

「もういい。これ以上遊ばれたくない」

「由比」

再び立ち上がろうとする身体を、今度は強く抱き締めた。

「反応は楽しんでるが、遊んでるわけじゃない」

もう少し苛めてやりたかったが、それで逃げられては元も子もない。

「私を好きだと思ったからここへ来たんだろう？　恋人だと言われて喜ぶくらいなら、覚悟ぐらいするといい」

改めて、両手で包み込むように由比自身を握る。

「やだ…、離して…」

背が大きくのけぞり、浮かび上がった腰が落ちる。

「子供じゃない、と言っただろう」

足りなかった湯は、もう浴槽から溢れ続けていた。

しかし、今蛇口を捻るためだけにこの手を離すのは惜しい。別に湯など流れ続けたってかまうものか。

「大津さん…」

目の前にある耳朶《じた》を食《は》み、舌先でそこを舐る。

身悶える由比の身体が当たって、自分のモノが頭をもたげる。

「恋人なんだろう?」

「言葉ばっかで…」

「態度でも示してやるさ」

硬くなった場所を擦り付けると、それが何なのかわかって、由比が身体を倒した。

「や…」

だが今度は支えてやらず、引き戻しもせず、そのまま前に手をつかせる。

「は…」

胸に片方の手を移動し、ふやけて軟らかくなった胸の先を嬲る。

「やだ…」

とは言葉だけの拒絶だ。

強引に立ち上がれないことはないだろうに、彼は私の腕に残った。

自分に都合のいいようにものごとを解釈するのも、大人の悪いところだろう。

これでお前は私に抱かれたいと思っている、と判断するぞ。

言い訳をして我慢をするにも限界があるのだ。

お前と違って、私は肉体の快楽を知っている。欲望を抑えることもできるが、一度解放してしまえば獰猛《どうもう》で狡猾になる。

「や…」

逃れられないほど前を煽ってから、手を奥に差し込み入口を探る。

後ろからの方が届きやすいかと思い直し、絡めた腕を背後から伸ばし直した。

「のぼせる…」

「我慢しろ」

その何倍も、私はお前にのぼせ上がるのを我慢していたのだから。

「ひど…」

指が入口を解《ほぐ》す。

身体が逃げる。

逃がさないというように指先を軟らかい場所に差し込むと、小さな悲鳴に似た声が上がった。

薄く染まり始めた身体が、助けを求めるようにバスタブの縁にしがみつく。

指を更に深く差し入れると、肩が震えた。

たかがそれくらいの反応でゾクゾクしてくるのは、私がお前に惚れている証拠だ。教えてはやらないが、身体で感じるといい。

楽しむだけなら、こんな面倒な子供に手を出すものか。

お前についているしがらみは、まるで蜘蛛《くも》の糸のようにその全身を覆っている。

けれどそれをかき分けてでも、お前を抱きたいのだ。

「由比」

名前を呼ぶと、泣きそうな顔が振り向いた。

「お前の父親は私にとって恩のある人だ」

突然何を、というように目が咎める。

「健康も害したし、自分の息子が男に犯されると知ったらさぞや驚くだろう」

羞恥か、後悔か、指を咥えた場所がきゅっと絞まる。

「お前はそう遠くないうちに、蘇芳グループを担うことになる。そうなれば何百、何千という人間の生活が、お前の一挙手一投足に左右される」

「なに…を…」

そう恨みがましい目で見るな。

これでも愛の告白ってヤツのつもりなのだから。

「プライベートも、仕事に影響するようになるだろう」

話している間にも動きを止めずに指を動かしているものだから、目の前の顔が淫らに喘ぎ始める。

「それでも、だ」

汗が浮いた額にそっと唇を押し当てた。

「お前を抱く」

その子供っぽい頭でよく考えろ。

のぼせていたからわかりません、は許さない。

「たとえ相庭社長に罵倒されても、お前を手に入れる覚悟が私にはある」

恋人と言われて嬉しいと単純に喜んだが、事はそんなに簡単ではないと知れ。

知った上で、応えてこい。

「お前はどうする？」

指を引き抜き、身体を離す。

抱いてくださいと言えるか？

もう少し考えさせてくださいと言うか？

どんな答えをもらっても、この続きをするつもりはあるが、取り敢えずお前の気持ちだけは知っておいてやる。

今日はもうダメだが、返事次第ではまた私の中の忍耐というものを育ててみよう。

ぐったりとした由比がこちらを睨む。

何か言おうとして唇を開き、言葉を呑み込んで閉じる。

そして次の瞬間、まるで頭突きでもするかのように勢いよくキスを仕掛けた。

「大人の理屈なんか、もう沢山だ。俺は好きだから来たって言ったのに。あっちこっち触られてもちゃんとここにいるのに。それを認めてくれないのは大津さんじゃないか」

身体を捻って向かい合い、私の首にしがみつく。

「俺が抱きたいなら抱いていいよ。恋人だって言ってくれるなら、一緒に頑張ろうぐらい言ってよ。それとも、俺なんかに手を出したこと、後悔してるの？」

この可愛い恋人を、どうしてくれよう。

「それならそう言ってくれた方が…」

「後悔などするわけないだろう」

「だったら…！」

「正解の手札を全部揃えないと、次に行けないほど臆病なだけだ」

「臆病？　俺が？」

「私だ」

「大津さんが？」

「そうだ」

いいだろう。また勝負は私の負けだ。

「お前を抱いて、好きなように扱いたいという気持ちは山とある。だがお前に抱かれる覚悟があるかどうかわからないから我慢していたんだ。触れるだけで身体を硬くされたら、拒まれてると思うのが当然だろう？」

お前は気づいていないだろうが、私はいつもお前に引きずられる。

らしくない言葉を並べるのも、お前だからだ。

「だって前に…」

「一度は酔っ払いを襲い、二度目は心細い子供に付け込んだ。三度目には愛し合って抱き合いたいと夢を描くぐらいいいだろう」

「夢？」

「オジサンのささやかな夢だ。恋人を抱く時には『愛してる』ぐらい言われたいとな」

「大津さんはオジサンじゃないよ…」

「笑うな。真剣に言ってるのに」

いじめてやるつもりだった。

こっちの気持ちも知らない子供にお灸《きゅう》を据えてやるつもりだった。

なのにどうしてこうなるのか。

「ごめん。でも…、嬉しい」

本音を白状させられた上に笑われるとは。

「さて、それじゃ私はお前を抱いていいんだな？」

「う…」

「遊びは嫌だと言ったんだ。するなら本気で抱くぞ」

お前も自分の言葉で墓穴を掘りまくってるから、勝負は引き分けか？

「…いいよ」

それならまあ、よしとしよう。

「そのまま腕を離さず、私の上を跨《また》げ」

「う…」

困った顔はしても、由比は言う通りにした。

「腰はまだ上げてろ」

さっき指で解した場所にまた指を入れ、ゆっくりと埋める。

「ん…」

波が立ち、湯が大量に流れ出る。

だが蛇口からはまだ新しいお湯が供給され続けているから、身体は浸ったままだ。

恋人だから、キスをしてやる。

ぎこちない舌に舌を絡め、強く吸い上げる。

もう逃げられる心配はないから、両方の手で全身を愛撫した。

胸も、腰も、内側も。

触れている間にこっちものめり込み、熱が上がる。

なるほど、確かにのぼせそうだ。

「手を伸ばして蛇口を締めてくれ。熱くなって来た」

「ん…」

返事はなかったが、鳴り響いていた音は止んだ。

「由比…」

少しだけ膝を立て、そこに寄りかからせるように身体を押す。

もう十分と見て、指を抜き、自分のモノをそこに宛《あ》てがう。

戸惑う瞳が助けを求めるようにこちらを見下ろした。

「ゆっくり腰を下ろすんだ」

周囲の皮膚を引っ張って、入りやすいように孔を広げる。

「う…」

先が当たっただけで、そこはヒクリと震えた。

「大丈夫だ」

怖いのか、恥ずかしいのか、彼はなかなか言う通りにしようとはしなかった。腰を浮かせたまま、私の先端だけを痙攣《けいれん》で刺激する。

遊びなら、その感覚も楽しんだだろう。けれど本当に余裕なんてない。

頭突きのキスで、十分に煽られた。

「仕方ないな」

肩に手を回し、抱き寄せて彼に突き入れる。

「や…っ！」

逃げようとする身体を強引に引き留め、深く進む。

絶対に離さないというように身を寄せ、目の前にある胸を吸い上げた。

「あ…」

狭い内側から彼の反応が伝わって来る。

自分でも、がっつき過ぎだという自覚はあった。けれど自制することはもうできなかった。するつもりもなかった。

ところかまわず目の前にある身体に自分の痕《あと》を刻みつけ、腰を揺する。

腹に擦り付けられる由比のモノを握り、親指で先だけを弄る。

「やだ…、だめ…っ」

「出してもいい。私は続ける」

もっと大人なつもりだったのに。

後ろ手で、栓に繋がる鎖を引っ張り湯を抜いた。

みるみる低くなる水面に合わせるかのように彼を押し倒し、その頭が縁に引っ掛かるようにしてやる。

水音に混じる喘ぎ声。

首にすがっていた手が緩み、最後の力で肩に爪を立ててくる。

「ア…」

由比のものが水面から顔を覗かせる前に、手の中でそれが震えた。

「あ…、して…」

手のひらに伝わる彼の絶頂。

それに更に触発される。

「愛し…る…」

私のことを『好きだ』なんて白状しなければ、もう少しぐらいは我慢してやったのに。

「もっとはっきり言え」

一方的な行為ではないとわかってしまったから、極まって弛緩してゆく身体を更に揺らし、射精して敏感になった場所を更に責め立てる。

意趣《いしゅ》返しのように、肩にガリッと皮膚を掻かれる痛みを感じた。

言葉を紡ごうとして入れたのであろう力に締め付けられて、こちらも後がなくなる。

「愛してる…」

由比の言葉を耳に刻みつけ、最後の一突きを深く入れた。

そのセリフは結構気恥ずかしいものだと思いながら。


どんな言葉を使おうと、この子供はまだ本当の現実をわかっていない。

私を好きだと言っても。

抱かれる覚悟はあると言っても。

仕事のことや家族のことも織り込み済みと思っていたとしても。

まだ軟らかな子供だ。

それがわかっていながら手を出した自分が、その責を負わなければならない。

「身体は痛むか？」

終わった後をシャワーで流し、そのまま抱き上げてベッドへ運ぼうとすると、由比は激しく抵抗した。

デリカシーがないと言って。

「歩けるからいい」

と言いながらふらつく彼の耳が赤い。

「恋人ならお姫様抱っこぐらいさせろ。体力はある」

「ばかじゃないの。体力の問題じゃないでしょう。は…、裸で抱き上げられるなんて、そんなことするわけないでしょう」

からかってるつもりはないが、きっとそうは受け取るまい。

「わかった、わかった。それならこれでいいか?」

タオル一枚巻き付けて抱き上げても、彼は抵抗した。

「だから、俺じゃなくて大津さんが…」

「私の裸が気になるのか? だったら抱かれる方が見えなくていいだろう」

「…もういい。大津さんにはわかんないんだ」

ここへ呼び寄せた時、対外的な意味もあって、由比には部屋を一つ与えていた。ベッドとデスクが入る程度の広さがある。

だがその部屋には運ばなかった。

「どこに…?」

「私の部屋だ。嫌か?」

「嫌じゃないけど…」

女を連れ込むことはないが、身体を休めるために入れた大きなベッドを見て、最初の日に彼が言った言葉を思い出す。

自分が来たせいで、彼女とか呼べなくなるね、と言ったのだ。

その時も、私はムッとした。

お前を好きだと言って一緒に住まわせるのに、どうして彼女などという言葉が出てくるのかと。

だから『そうだな』、と答えてしまった。

今思うと、あれはこいつの強がりだったのかも知れない。

「思ったより重かったな」

と軽口を叩いてベッドへ降ろす。

「だからいいって言ったのに」

すぐにシーツを引っ張り、大事な場所を隠そうとする。その姿がまた子供の『ようで』可愛い。

もう子供とは思っていないのだが。

「嘘だ」

私の一言でくるくると表情を変えるのが面白いから苛めるのだと言ったら、きっと怒るだろう。それとももうそれくらいは察しているか。

「もういい。着替えください」

「着替え？　ああ、風呂場に置いてきた」

「じゃ取って…」

「別にいいだろう。もう寝るだけだ」

「…風邪引くよ？」

布団を捲り、彼を押し込み、その隣へ自分も滑り込む。

「くっついてれば大丈夫だろう。子供は体温が高い」

「…子供じゃないから、暖房器具にはならないと思うよ」

「それじゃ、確かめてみるか」

腕を伸ばすと、頭が擦り寄って来る。

手の届くところに、欲しかったものがある。

たとえこの代償が高くつくことになろうとも、この幸福を手放すつもりはなかった。

「俺は注意したからね」

そのために、自分は力を手に入れよう。

これから先何度も、いつまでも、この幸福を味わうために。


相庭社長が退き、私がグループの総裁として蘇芳に入る時、当然のことながら反対者はいた。

由比よりは年かさだが、重役連から見れば私とてまだまだ若造。

しかも子飼いではなく、子飼いだった人間だ。

一度社外に出た者を、何故わざわざ呼び戻す必要があるのか。それぐらいならば重役か、グループ会社の社長を据えるべきではないのか、と。

それはもっともな意見だが、通すわけにはいかなかった。

もしもグループ内の人間を据えたら、その席を由比に譲ることは難しくなるだろう。

私ならば、愛情とは別に自分の会社があるから引退するという言葉が使える。

そして引退した後は、自分のコンサルタント会社を蘇芳にひいきにしてもらうからいいのだと、説明もできる。

どうしても、そこに座るのは私でなくてはならないのだ。

だから、彼等をなだめるために新しいシステムを提案した。

相庭社長はワンマンで知られた人物だったが、自分は若輩者《じゃくはい》だから、数人の人間を取締役として据え、合議制で仕事を進めたい、と。

どうせ由比が社長の椅子に座っても、補佐は必要だ。その時になれば同じことを望まなければならないだろう。

それならば自分の時に下地を作ってしまおうという腹もあった。

メンバーは親相庭社長派と反相庭社長派を半々にした。

そうすればお互いがお互いを牽制し合って、どちらか一方が権力を握るということはないだろう。

お陰で、私がいなくても会社はその円卓によって動かすことができるようにもなった。

大きな決定権は放さなかったが、それ以外はそいつらにやらせてしまった方が楽だ。

由比が入社してくる前に、それを完全なものにしておいたことを、今自分でも感謝している。

「だから言ったのに…」

でなければ、どんなに熱があろうと、足元をすくわれないために這ってでも出社しただろう。

私は起き上がることもできなかった。

「食欲、あります?」

「…食欲より喉が渇いたな」

「じゃ、水持ってきます」

情けないことに、朝起きるとてきめんに痛む頭と、背筋を這う寒気で、私は起き上がることもできなかった。

風邪を引いたのだ。

大きなベッドを一人で占領して、仰向けに引っ繰り返っているしかないのだ。

「はい、お水」

これで由比が性格の悪い子供だったら、勝ち誇ったような顔の一つもしただろう。

だが彼は第二とはいえ秘書らしく会社にすぐ連絡を入れ、かいがいしく自分の傍らに寄り添っている。

着替えも手伝うと言ってくれたが、それは丁重に断った。

「情けない。もっと丈夫なつもりだったのに」

そう、由比の方はピンピンしているのだ。

これが更に情けなかった。

「疲れてたんですよ。気にしない方がいいですよ」

「それは秘書としての言葉か？」

とからかっても、もう余裕の顔だというのもつまらない。

「恋人と秘書の両方です」

「風邪は感染《うつ》すと治るらしいな」

「俺に？　そうしたら看病してくれます？」

「…いや、お前が病気になるのは堪えられん」

カーテンを開けた窓の外は明るい日差しで満ちていた。

昨日の車も何とかしなくちゃならんな。

昨日も朝はこんな感じだったが、夕方からはあの始末だったのだ。早めに修理屋に連絡を入れよう。

それと、天気予報も見ておくべきか？

「大津さん。俺、一つだけわかりました」

「何だ？」

私の額にかかる前髪を軽くすくいあげながら微笑む由比を見て、やはり今日こそ占いのコーナーを見てみるべきだろうと思った。

「大津さんは大人だけど、可愛いところもありますよね」

そう言われてしまうのは、ラッキーなのか、アンラッキーなのかを知るために。

巻末マンガ
奥貫亘
TORU OKUNUKI
朝食
今日は忙しいから先に出るぞ
ガタッ
カチャッ
カチャ
カチャ
じゃあ俺が後で洗っておきます
置いておいて下さい
いや
これくらいはすぐに片付ける
シュッ
ドキ
何をしている
お前の皿も早く持ってこい
！
はっ

……一度に洗った方が
効率がいいだろう
キュッ
キュッ
……
ガッガッ
ゴクゴク
ガッガッ
ゴクゴク
……はい!
★おわり★

あとがき

初めまして、もしくはお久しぶりでございます。火崎勇です。

この度は、『純愛のジレンマ』をお手にとっていただき、ありがとうございました。

イラストの奥貫亘様、素敵なイラスト、ありがとうございます。そして担当のK様、色々お世話をおかけいたしました。ありがとうございます。


さて、このお話、いかがでしたでしょうか。

書き終えてみると、タイトルの『純愛』で『ジレンマ』を感じていたのは、実は大津の方だったなぁと思っています。

今回、書き下ろしを書く時、担当さんとどんな話にしようかと話し合ったのですが、その時「大津側から書いてください」とのオーダーがありました。

大津は由比をどう思っていたのかを知りたい、と言われたのです。

火崎の書く話はご存じの通り一人称が多く、どうしても片側の気持ちしか書くことができません。セリフでは色々語ってはいるのですが、心のうちはわからない。

なので時々書き下ろし、オマケは逆バージョンで、と言われることがあるのです。

ですから今回もそれがいいかな、と思ってお応えいたしました。

書いてみると、おじさん（と言うほどではないんですが）も結構悩んでいるではありませんか。

そりゃぁそうですよね、初めて好きになった時には犯罪の年齢なんですから。（笑）

手を出したくても、相手は未成年の上、大恩ある社長の息子。ぐっと堪えるしかなかったのです。

大人になっても、相手は自分のこと忘れてるわ、友人の男と仲良ししてるわ、ムカついてつい手を出しても仕方ないだろう、と。

でも由比にしてみれば、好きと言われたわけでもないのに、一方的に色々されて腹立たしかったでしょう。せめて最初に『好き』と言ってくれれば、その後の展開は随分変わっていたでしょうに。

でもまあ、すれ違いだの、誤解だのがあって、初めて物語となるわけで、すんなり行ってしまっては面白くも何ともないわけです。

ま、何はともあれ、二人は同居も開始し、やっと互いに好きあってるって確認したわけですから、ここからは素敵な日々が始まるでしょう。

火崎的には、あと数年経って、由比がもうちょっと育つと色々と面白いことがあるのでは、と思っております。

たとえば、由比に同僚が言い寄るとか。もちろん男の。

それも悪いヤツじゃなくて誠実なタイプ。

大津と暮らしていると聞いて、ひどい目に遭ってないかと親身になってくれる。由比が前社長の息子だと知っても、気にしない。

由比もそんな彼に友人として近づき、親しくなる。

大津は最初は見逃しているけれど、相手の男がその気になると、突然悪い大人に。

相手の男の見てる前で由比にちょっかい出して、由比に気づかれないようにそいつを睨みつけ、「人のものに手を出すな」と凄む。

あ、でも根性ある相手なら、由比に「君は騙されてる」とか「強引さに流されてるだけだ」とか力説しちゃうんでしょうね。そうしたら由比の方がそいつに「俺があの人に惚れてるんだ」くらい言って欲しいものです。

反対に、大津に言い寄って来る若いのが由比をライバル視するなら、やっぱりエリートとか性格悪いタイプがいいなあ。

それで由比にケンカ売って来る。「君があの人に優しくしてもらえるのは、君が前社長の息子だからだよ」とか言っちゃう。

由比はヘコんでだんだん悩んだりするだろうけど、大津がそういうのを蹴散らしてちゃんと由比を迎えに来てくれる。…というのは大津優しいヴァージョン。

優しくないヴァージョンだったら、泣きついて来る由比に、「私が欲しかったらお前がなんとかしてみろ」と突き放す。

それで仕事とか頑張って、そのエリートに正面から勝利を勝ち取り、大津にも「あなたが俺を欲しがって」くらいのことを言う。

もっと時間が経つと、由比が無事社長になって、大津も自分の会社に戻って、社長同士のセレブな恋愛駆け引きというのも楽しいかも。

その頃には由比も少し大津を振り回せるようになってる…、かもしれないですしね。

いつまでも俺があなたの言いなりだと思います？　とか。(笑)

大津は慌てるか、「ほう」とか言いながら更にいじめっこになるか…。

さて、そろそろ時間となりました。楽しい妄想はここまでにして、またいつかどこかでお会いいたしましょう。それでは皆様、御機嫌よう。

火崎勇

余裕の無くなった大津さんと、マメ柴な由比がなんだか可愛らしかったです。
お二人ともお幸せに〜。

この度はどうも有難うございました！

奥貫　亘

マメ柴着ぐるみ

KAIOHSHA ガッシュ文庫

純愛のジレンマ
（GUSH2007年9月号・10月号）
純愛の微熱
（書き下ろし）
朝食
（GUSH2007年12月号）

純愛のジレンマ

2008年4月10日初版第一刷発行

著　者■火崎　勇
発行人■角谷　治
発行所■株式会社 海王社
〒102-8405
東京都千代田区一番町29-6
TEL.03(3222)5119(編集部)
TEL.03(3222)3744(出版営業部)
印　刷■図書印刷株式会社

ISBN978-4-87724-913-7

火崎勇先生・奥貫亘先生へのご感想・ファンレターは
〒102-8405 東京都千代田区一番町29-6
(株)海王社 ガッシュ文庫編集部気付でお送り下さい。

KAIOHSHA ガッシュ文庫

松風の虜

鳩村衣杏

イラスト／水名瀬雅良

「堪能されましたか？」恋焦がれていた男に抱かれ、狂うほど泣かされた後、そんな台詞が冷たく落とされた。茶道宗家に生まれ、征親への想いを断ち切るため家を出た睦月。彼を次期家元にと、当代家元秘書の征親は、睦月を迎えにくる。しかし睦月が拒むと快楽で縛りつけて言うがままにしようとして…。

紳士で野獣

橘かおる

イラスト／櫻井しゅしゅしゅ

君の淫乱な姿をネット上に流されたくなくば、素直に感じろ——優秀な入国審査官として空港で働く聖也のライバルは、英国貴族の教育を受けた紳士ながら冷淡な態度の将和。しかしある夜、将和が実は内通者を探る潜入捜査官であることを知った聖也は、口封じのため将和に媚薬を使われ犯されてしまい——。

甘える予感

杏野朝水

イラスト／カワイチハル

リラクゼーションサロンの店長・静は、オーナー・加賀谷と『セックス込みの友人』関係。仕事が第一の静にとって、恋愛はいつでも後まわし。ただ一時、加賀谷がくれる快楽に溺れて感じて、それだけで充分だったはず…が、加賀谷の見合い話を聞き、静は加賀谷への恋心を自覚して…？　純情系アダルトラブ♥

龍と竜

綺月 陣
イラスト／亜樹良のりかず

両親を亡くし、幼い弟と二人暮らしの竜城は生活のために掛け持ちでバイトをしている。昼のバイト先・カフェで知り合った常連客が市ノ瀬組幹部・石神と知ったのは、夜のバイト先のホストクラブ。怪我をした竜城を自宅まで送ってくれたのがきっかけで石神と親しく付き合うようになり、心を奪われるのだが…。

官能小説家を調教中♡

森本あき
イラスト／かんべあきら

俺、谷本紅葉は官能小説家。なのに、どーしてもエッチシーンがうまく書けない。それはエッチの経験がないから？　幼なじみで一番の読者・龍に相談すると、「じゃあ俺としようぜ？」ってエッチなことをされちゃって……俺、どーしよう!?

神官は王に愛される

吉田珠姫
イラスト／高永ひなこ

国を統治する羅剛王は男らしく猛々しい、冴紗の愛する人…。ことあるごとに冴紗を呼びつけるのに、いつも辛くあたるのはなぜ？　神官などになりたくなかった、ずっと側にいたかったのに…。そんなとき、羅剛王と他国の姫君との婚礼話を耳にし、冴紗の心は乱れる——。

KAIOHSHA ガッシュ文庫

背徳のくちづけ

柊平ハルモ
イラスト／緋色れーいち

亡き姉の夫・弁護士の隆一と二人で暮らす高校生の立佳。義兄に伝えられない想いを抱いている立佳は、ある過ちをきっかけに彼と関係を持ってしまった。立佳は義兄の罪悪感を拭う嘘をついてまで彼と体を重ねつづけるが…。この甘すぎる背徳のキスの行方は…？

この次は、もっと

綺月 陣
イラスト／西村しゅうこ

ジェット・トラベル企画開発部一のデキる男・大蔵将吾はある日、眉目秀麗のライバル・速水利紀が営業部長とイタしているのを見てしまう。潔癖に見える速水のあられもない姿に、大蔵はムラムラと本能の赴くまま速水を押し倒してしまったのだが…。

逆らえねエよ！

金沢有倖
イラスト／志野夏穂

母親を亡くし、身寄りを頼って上京してきた兄の暁と眉目秀麗の弟・翠の前に現れたイトコの保護者様は、男前の大富豪！　ところが、その保護者様・氷巳は兄弟の生活費・学費などの面倒を見る代わりに、暁の身体を要求してきた。男同士はもちろん女の子とだって経験のない暁は激しく抵抗するが…。